JN066973

ヘルジャパンを女が自由に楽しく生き延びる方法

アルテイシア

幻冬舎文庫

ヘルジャパンを
女が自由に楽しく
生き延びる方法

The Way Women Survive
Happily and Freely in Hell Japan

はじめに

「ジェンダー知らなきゃヤバい時代がやってきた」と危機感を抱く人が増えたなあ、と実感している。ここ数年はジェンダーについて取材を受けたり、講演や授業をする機会も一気に増えた。

先日は参加者のほとんどが高齢男性という場で講演をした。そんな大量のおじいさんの前で話したことないし大丈夫かな……とやや不安だったが「まあ自分も初老だし誤差やろ」と臨んだところ、講演後に「アルペイシアさんの血肉の通ったスピーチに感動しました」と達筆の感想をいただいた。名前は微妙に間違っているけど、すごく嬉しかった。

もし聴衆がみんな森喜朗氏だったら、ろくに話を聞いてもらえず「拳で決着をつけようぜ」とハイロー的な展開になったかもしれない。でも皆さんから温かい感想をいただいて、ジェンダーの話が通じるおじいさんもいる、ラピュタは本当にあったんだとパズー顔になった私。

「アルさんのコラムをシェアしたら、職場のおじさんたちの言動が変わりました」といった報告もいただく。

もともと私は「女性に伝わればいいや」という気持ちが強かったが、最近は男性にも伝わるような発信を心がけている。なぜなら男性が変わらないと性差別や性暴力はなくならないし、社会は変わらないから。社会が変わらないと、女性はしんどいままだから。なので「女性たちはどんどん変わってきている、次はあなたたちの番だよ」という気持ちで活動している。

本書に収録した「ジェンダー知らなきゃヤバい時代がやってきた」シリーズは特に男性に理解してもらえるよう「モブおじさん」との対話形式にした。幸いこのシリーズは男性にも好評で「ジェンダー意識をアップデートできた」と嬉しい感想が寄せられた。

このシリーズを書こうと思ったのは、身近な男性とのジェンダー意識のギャップに悩む女性が多いからだ。夫や彼氏との意識のギャップに悩んで「もう別れるしかないかも」とか「離婚を決意しました」といった声も寄せられる。

せやろがいおじさんとの対談でも話したが、普段は優しくていい人なのに、ジェンダーの話になるとバグる男性は多い。女性の側は「女がこの社会で生きるしんどさを理解してほしい」と思って話しているのに、「いやでもさ」と話をさえぎってクソリプやマンスプをしてきたり、小学生みたいに論破しようとしてきたり……そんなパートナーに対して「ひろゆきか！」と怒髪天をついて別れを選ぶ、もしくは「ダメだこりゃ」と諦める気持ちはよくわかる。

「うちの夫もジェンダーの話になると野生のゴリラより話が通じなくて、子育てが一段落したら離婚しようと思ってました」と読者の女性からメールをいただいた。

「でも諦め半分で、アルさんの『男と女、狂っているのはどっち？』のコラムをシェアしたら、夫が『今までごめん』と謝ってきたんです。そこから夫はジェンダーやフェミニズムの本を熱心に読み始めて、今では職場の男性にアルさんの本を布教してます。夫の変化にびっくりですが、おかげで離婚せずにすみそうです」という報告を読んで、青汁の感動秘話CMみたい……と思いつつ「なぜ夫氏は変われたんでしょうか？」と質問したら「ジェンダーを学ぶのって楽しい、と気づいたそうですよ」とお返事が来た。

わかる！　とその言葉に膝パーカッションした私。

20代の私がフェミニズムの本にハマったのも「面白いから」という理由だった。ジェンダーを学ぶと、世界の見え方が変わる。見えなかったものが見えるようになって、それが新鮮で楽しかった。午前二時に望遠鏡をかついで遠出しなくていいし、インドア派には絶好の趣味だった。

こうしてフェミニズムやジェンダーを学んだ結果、自分自身が救われた。「女はこうあるべき」という呪いから解放されて、自分らしく自由に生きられるようになった。当時はセクハラや性差別に遭っても「私が悪いのかな」と自分を責めていたけど、足を踏んでくる側が悪いと気づいて「痛いんだよ、足を踏むなよ」と怒れるようになった。

フェミニズムは人権を学ぶことなので「自分はこんな目に遭っていい人間じゃない」と思えるようになったから。日本では怒る女は嫌われるけど、理不尽なことをされた時に怒れるのは、まっとうな自尊心がある証拠なのだ。

本文でも書いたように、私は両親ともに遺体で発見された女である。もし20代でフェミニズムに出会わなければ「親があんな死に方をしたのは私のせいかも」と自分を責めて苦しんだだろう。「それもこれも全部ジェンダーの呪いのせいだ」と理解できたのは、ジェンダーの知識があったおかげである。

「パーソナル イズ ポリティカル（個人的なことは政治的なこと）」とフェミニストはずっと言ってきた。

私たちは子どもの頃から自己責任教を刷り込まれ、特に女性は男尊女卑ダンジョン・ヘルジャパンで自尊心を奪われて育つ。性差別の強い国ほど女性の自己肯定感が低いというデータもある。自分を責めて苦しむ私にとって「あなたがしんどいのは自己責任でも努力不足でもない、政治や社会のせいなんだよ」というメッセージは救いだった。

フェミニズムに救われるのは女性だけではない。とある男子校で授業をした時、中学生の男の子から「自分の趣味を『男のくせに』『女っぽい』と言われて傷ついたけど、授業を受けてその傷つきが和らぎました」と感想をもらった。

せやろがいさんも対談で、中学時代の苦い初恋の話をしてくれた。女も男もそれ以外も、ジェンダーの呪いに傷つくのだ。そこから解放されることで、みんなが自由に楽しく生きられるようになる。

また、せやろがい少年が母のおかげでホモソの肥溜めに沈まずにすんだ話もしてくれた。『男子という闇 少年をいかに性暴力から守るか』（エマ・ブラウン著）によると、性差別に抵抗し、それは間違っていると声を上げる男性たちの共通点は、ジェンダーについて話せる家族や身近な大人がいたことらしい。子どもは周りの大人をお手本にして育つので、まずは大人がジェンダーを学ぶことが大切だろう。

私たちは学校でまともなジェンダー教育を受ける機会がなかった、それは政治や社会の責任である。一方、北欧の国々では保育園からジェンダーや人権について教わるそうだ。#なんでないのプロジェクト代表の福田和子さんが、インタビューで次のように話していた(ウェブ「FRaU」2022年5月7日)。

『(最初にスウェーデンに留学した当時)付き合っていたスウェーデン人の彼に「あなたはフェミニストなの?」とちょっとビビリながら訊いたことがありました。そしたら「えっ、フェミニストじゃないってどういうこと? フェミニストじゃないってことは、ジェンダー平等じゃなくていいと思っているって意味?」と言われたんです。むしろ「なんでそんなこと訊くの?」みたいな空気になって。あれは感動的でしたね。元彼は、特別にジェンダーを学んでいるわけでもない、普通に高校を出て仕事をしている人でした』

『彼の両親と食事をした際、お父さんのワイングラスが空になっていたので何気なくワインをつごうとしたら、「僕はあなたと対等に話をしたいと思っている。気持ちはありがたいけどワインなら自分でつげるし、まるで僕の立場が上みたいに感じられて居心地が悪いからやらないで」と言われたんです。大学のパーティーでも教授に同じことを言われました』

「これを読んで、羨ましくてゲー吐きそうになった。しかし涙目で嘔吐している場合じゃない。次世代のために少しはマシなジャパンにしたい。そのために自分にできることをコツコツと……と中高生にジェンダーの授業をすると「フェミニストのイメージが変わりました」という感想をよくもらう。

「ツイッターやＹｏｕＴｕｂｅを見て〝男嫌いでオタク嫌いのツイフェミ〟というイメージを持ってました。でもリアルで話を聞いてみて、自分もフェミニストだったと気づきました」

こうした感想を読むたび、未来に希望を感じて涙目になる。腕白でもいい、長生きしたい。そしてみんなが自由に楽しく生きられる世界を見てみたい。

そんな願いを込めて、しんどい社会をどうにか生き延びているあなたに本書を捧げます。

ヘルジャパンを女が自由に楽しく生き延びる方法　目次

The Way Women Survive Happily and Freely in Hell Japan

The Way Women Survive
Happily and Freely in Hell Japan

The Way Women Survive
Happily and Freely in Hell Japan

ジェンダー知らなきゃヤバい時代がやってきた①

（「幻冬舎プラス」２０２２年４月１日掲載。以下同様に明記）

最近、フェミニズムのフェの字も知らないようなおじさんから「ジェンダーって何？」とよく聞かれる。ジェンダー知らなきゃ時代遅れになってヤバい、と危機感を抱く人が増えたのだろう。

どんな理由であれ、ジェンダーに関心を持つ人が増えるのは嬉しい。

私はジェンダー平等を進めたいガチ勢なので、質問された時はわかりやすく説明している。

「いんいちがいち」と一の段から説明するのは正直ダルい。

でも無関心な人を巻き込むこと、「性差別や性暴力を許さない」という人が増えることで、オセロのように世界をひっくり返せると思うから。

皆さんもジェンダーやフェミニズムについて質問された時、よかったら以下をコピぺして使ってください。

今回は初心者向けの超ざっくり解説なので、もっと詳しく知りたい方はジェンダーの専門書などを読んでください。

それでは、架空のモブおじさんとの妄想対話を始めます。それぞれ好きな声優さんの声に変換してくださいね（私はＣＶ子安武人《こやすたけひと》にします）。

モブ　最近ジェンダーってよく聞くけど、どういう意味？

アル　「生まれた時に割りあてられた性別」をＳＥＸと言って、「社会的、文化的に作られた性差」をＧＥＮＤＥＲと言います。

ジェンダーバイアス（性差に対する固定観念や偏見）をわかりやすく言うと、「男らしさ／女らしさ」「男／女はこうあるべき」といった「型」みたいなものです。

そういう型を押しつける社会では、その型にはまらない人は「男／女のくせに」と叩かれます。

たとえば「女のくせに料理もできないなんて」「稼げないなんて男失格だな」

みたいに。そんな世界は生きづらいじゃないですか？　だからジェンダーによる抑圧や偏見をなくそう、みんなが自分らしく自由に生きられる社会にしよう、という話なんですよ。

モブ　たしかに「男はこうあるべき」と押しつけられると、男もしんどいよね。

アル　そういうジェンダーの呪いを次世代に引き継ぎたくないですよね？　たとえば、ピンクが好きな息子さんが保育園にピンクの服を着ていったら「男の子なのに変！」と言われて泣いて帰ってきた、という話を聞いたことがあります。

モブ　男がピンクを好きでもいいじゃないか。そんな押しつけ、無駄無駄無駄無駄ッ！

アル　ディオ様〜〜!!

「女の子はピンク、男の子はブルー」と二つに分けるんじゃなく、黄色、緑、オレンジ、マゼンタ、ビリジアン……いろんな色が存在するカラフルな社会。「みんな違って当たり前」が当たり前の社会。誰も排除されない、みんなが共生できる社会を目指すのがフェミニズムなんですよ。

モブ　そうだったのか、エンヤ婆。
アル　誰がエンヤ婆や。
モブ　でもさ、男らしくありたい男性もいるよね？　そういう男性は自分を否定されたように感じるんじゃない？
アル　いい質問ですね！
誤解されがちなんですが、フェミニズムは個人の生き方や選択を否定するものではありません。むしろ真逆で、個人の選択を尊重しようという考え方なんです。
たとえば男の子がキャッチボールを好きでもいいし、人形遊びを好きでもいい。それぞれが好きなものを選べる社会を目指すのがフェミニズムです。
モブ　俺は……ずっとキャッチボールしてるだけでよかったよ。
アル　クサヴァーさん……（泣）。
たとえばメイクや脱毛をしたい女性はすればいいし、したくない女性はしなくていい。「女はメイクや脱毛をするべき」と強制されない社会にしよう、ということなんです。

モブ　男らしくありたい男性を否定するわけじゃないんだ。

アル　そもそも、「男らしさ」って何？　という話ですよね。たとえば、パワフル、打たれ強い、度胸がある、リーダーシップがある、意見をハッキリ言う……そういうのは性別関係なく「長所」ですよね。でもそれを「男らしい」と括《くく》ってしまうと、そうじゃない男性は「男のくせに」「女々しい」「女の腐ったような」と揶揄《やゆ》されて排除される。同時に、パワフルな女の子は「女の子なのに元気すぎる」と揶揄されたり、意見をハッキリ言う女性は「女のくせに生意気だ」と排除される。なので私は「男らしい」「男前」「女子力が高い」みたいな言葉は使わず、言い換えるようにしています。「細かいこと気にしなくても」と言う人もいますが、言葉は文化を作りますから。言葉は文化を作りますから。

モブ　大事なことだから2回言ったんだね。僕もフェミニズムを誤解していた気がするよ。ただ男からすると、フェミニストってちょっと怖いんだよね。男嫌い、攻撃的みたいなイメージがあって。

アル　古《いにしえ》よりフェミニストは「男の敵」「男嫌い」とレッテル貼りされてきたけど、フェミニストの敵はセクシスト（性差別主義者）です。フェミニストが憎んでいるのは「男性」ではなく「性差別や性暴力」であり、その構造やそれに加担する人々です。

モブ　そうだったのか。ただフェミニストを見ていると「そんなに怒らなくても」「言い方を考えればいいのに」と思うんだよね。

アル　日本は「怒ることは悪いこと」という風潮が強いですよね。でも差別やハラスメントやいじめに対して怒る人がいないと、永遠になくなりませんよね？

モブ　たしかに、加害者のやりたい放題になっちゃうよね。

アル　もしモブさんが足を踏まれ続けてきて、「足をどけていただけませんか？」と丁寧に言っても聞いてもらえなければ「痛いんだよ！　足をどけろよ！」と怒りませんか？　その抗議に対して「怒るな」「言い方を考えろ」と言うのは「トーンポリシング」といって、相手の口をふさぐ行為になるんですよ。

モブ　そっかー。でもやっぱり、男は責められてる気分になるんだよ。痴漢の話とかされると「俺は痴漢なんかしないのに」と思ってしまう。

アル　痴漢や性暴力の話になると「男VS女」と捉える人もいるけど、これは「善良な市民VS性犯罪者」という話なんです。
男性は「責められてるみたいでつらい」「加害者扱いされたくない」と思うのであれば、「一部の性犯罪者のせいで自分たちまで迷惑している、加害をやめろ」と加害者に向かって怒ってほしい。「性暴力を許さない」と一緒に声を上げてほしいんです。痴漢が絶滅すれば冤罪の不安もなくなるし、女性専用車両も必要なくなるのだから。

モブ　たしかに！　みんなで痴漢を駆逐しよう。目指すは完全試合（パーフェクトゲーム）だ。

アル　よくもエルヴィン団長を。でも、モブさんはちゃんと聞く耳を持つおじさんですよね。女性が性暴力や性差別の話をすると「男がみんな悪いわけじゃない」と金太郎飴みたいに返す男性も多いですから。
「ノットオールメンはもう聞き飽きた」（２１９ページ）というコラムに以下の文章を書いたので、引用しますね。

『たとえば日本人の男性が欧米で暮らして、アジア人差別を何度も経験したとする。

その話を白人にした時に「すべての白人が悪いわけではない」と言われたら？

「そんな白人と一緒にされたら迷惑だ」とムッとされたり「責められてるようでつらい」と被害者ぶられたら、どう思う？

「いや（略）まずはこっちの話を聞けよ」と思うだろう。

そこで「白人だってつらいんだ」と言われたら「なぜ張り合おうとする？まずはこっちの話を聞けよ」と思うだろう。

居心地が悪いからって、こっちの口をふさごうとするなよと。

自分はすべての白人が悪いなんて思ってないし、あなたを責めたいわけでもない。

ただ差別に怯えて暮らす現実を知ってほしい。

アジア人というだけで殴られるかもしれない、殺されるかもしれない。誰がまともかなんて見分けがつかないから、こっちは警戒するしかない。

それを「自意識過剰」「気にしすぎ」と責めないでほしい。それでいざ被害に遭ったら「なぜ自衛しなかった」と責めないでほしい。

「アジア人が夜道を歩くから」「派手な恰好をしているから」と被害者のせいにしないでほしい。

人種差別の話になった時に「俺は差別なんてしない」と返すんじゃなく、白人に向かって「差別するのはやめろ」と言ってほしい。

その声はマイノリティの自分が言うよりも届くから』

モブ　なるほど……。ただ「男性はマジョリティだ」と言われても、あまりピンとこないのが本音で。

アル　マジョリティは自分がマジョリティだと思わずに暮らしてるんですよ。そうやって鈍感でいられること、考えずにすむことが「特権」なんです。

これも誤解されがちなんですが、「特権を持っている＝人生薔薇色でイージーモード」という意味ではないし、その人の努力や苦労を否定するものでもありません。〝その属性〟を理由に差別される機会が少ないことが特権なんです。

モブ　たしかに特権について深く考えたこともなかったな。

アル　男性は女性に比べて性暴力や性差別に遭う機会が少ないから、見えている世界が違うけど、人はわかりあえると思うのアムロ。

モブ　不可能を可能にする男かな、俺は。

アル　ムウ様〜〜〜!!

モブ　自分には見えていない世界があるのかも、とまずは自覚することだね。

アル　たとえば政治家の9割が女性で、企業の管理職の9割が女性。そんな世界を想像すれば「偏りすぎだ」と気づきますよね？
それが逆だと気づかないのは、生まれた瞬間から男尊女卑な社会に生きてきて、感覚が麻痺しているから。そこに差別があるのに見えないんですよ。
クオータ制とは「今が偏りすぎだから直そう」という話なのに、「女性優遇」「逆差別」と言う人がいる。そうじゃなく、今までずっと男性が優遇されてきたんですよね。
それが可視化されたのが、2018年に発覚した医大の不正入試です。
「21年度の医学部の合格率が初めて男女逆転した」というニュースを見て、今

モブ　までどれだけの女の子たちが翼を折られてきたんだろう……と涙が出ました。

アル　あれは僕もびっくりした。入試は点数で公正に判断するべきなのに、性別を理由に不合格にするなんてひどいよね。

モブ　中学高校入試でも「点数だけで判断すると女子が多くなってバランスが悪くなる」という学校がありますが、男子が多い場合は「バランスをとらなきゃ」なんて言わないわけです。

モブ　私たちは「女」じゃなく「人間」として扱ってほしいだけ。女性を優遇してほしいんじゃなく、差別をなくしてほしいだけ。

男性は徒競走だと思っているけど、女性の走るコースには障害物がたくさんあって、それをどけてほしいだけなんです。

「女は得だよな」とか言う男性には、障害物が見えてない、というか見ようとしてないんだね。

アル　モブさん、飲み込みが早いね！

モブ　やっと気づきやがったな……クークックック。

アル　ケロケロリ。

女性の政治家や管理職の少なさ、雇用や賃金の男女格差。そういう統計を見ても、周りに優秀な女性が多いと「今は女性の方が強い」「女性優位」みたいな感覚になるのかもしれない。

でも、現実は逆ですよね。優秀な女性がその実力を発揮できる場が少ないことが、社会が男性優位である証拠なんです。

モブ　「今は女の方が強い」「むしろ女尊男卑だ」とか言うおじいさんは多いよね。

アル　彼らは「昔は踏んづけても文句言わなかったくせに、文句言うなんて強くなったなお前」と言ってるんですよ。

モブ　僕も感覚をアップデートさせないとヤバいな。

アル　みんなアップデートの途中なんですよ。私も今までさんざんやらかしてきたから、それを忘れちゃいけないと思ってます。

モブ　おまえは今まで食ったパンの枚数をおぼえているのか？

アル　パン関係ないやないか。この日本で男尊女卑を刷り込まれてない人はいないと思います。

たとえば、私も新人時代に「〇〇ちゃんは女子だけど、同期で一番優秀なんだよ」とか言ってました。「男子だけど優秀」とは言わないわけで「女は男より劣っている」という無意識の偏見があったわけです。

アンコンシャスバイアス（無意識の偏見）は自覚しづらいからこそ、ジェンダーについて学ぶことが大切ですよね。

モブ　僕もジェンダーの意味すらよくわかってなかったから。

アル　日本の学校ではまともなジェンダー教育をしないから、ジェンダーについて知らないのは本人の責任じゃないです。

「自分は差別なんてしない、と思っている人ほど差別的な言動をしやすい」という調査があります。「自分も差別するかもしれない」と気をつけて、差別しないために努力することが大切ですよね。

モブ　その努力を面倒くさく感じる人もいるんだろうね。

アル　「窮屈な世の中になった、昔はおおらかでよかったな～」と嘆く人は「昔は人を踏んづけても怒られなくてよかったな～」と言ってるんですよ。

「昔はおじさんが気軽にお尻に触ってきてよかったな～」と懐かしがる女性は見たことがない。昔は被害者が声を上げられなかっただけです。

モブ　でも今はネットやSNSを使って、声を上げられるようになった。燃えるべきものが燃える時代になったのはよかったと思います。

アル　それにしても炎上があとを絶たないのは、なぜなんだろう？　バラエティ番組とかしょっちゅう炎上してるよね。

モブ　「なぜ誰も止めなかった？　こんなもん全裸でキャンプファイヤーするようなもんやぞ」みたいな企画とかありますよね。メディア業界の女性比率の低さは問題視されていて、テレビ局の女性役員の割合はわずか2・2％です。それだと価値観が偏るのは当然ですよね。偉いおじさんたちに忖度《そんたく》して、言いたいことを言えない環境にも問題があるでしょう。

アル　おじさんの僕もドン引きするようなセクハラを平気で流してたりするもんな。

モブ　女性に対するセクハラもそうですが、男性に対するセクハラはより軽視されがちなのも問題です。男性も女性も尊厳を守られる世界にするために、連帯して声を上げましょう。

アル　俺ァただ壊すだけだ、この腐った世界を……!!

モブ　高杉〜〜!!

妄想対話が止まらない、夢女子の本領発揮である。

まだまだ話し足りないので、続編を書きます。

次回はフェミニズムに拒否感を示す女性や、「女の子は翼を折られて、男の子はケツを蹴られる」といった話をします。ではお楽しみに！　ゲッゲ～ロ～♪

ジェンダー知らなきゃヤバい時代がやってきた②（2022年4月18日）

前回のモブおじさんとの対話が好評だったので、続編を書きます。
今回もそれぞれ好きな声優さんの声に変換してくださいね。私はやっぱりCV子安武人にします。

アル　引き続きジェンダーやフェミニズムについて語りましょう。
モブ　いざ、忍び参る！
アル　佐助〜〜!!
モブ　男性だけじゃなく、女性の中にもフェミニズムに抵抗を感じる人がいるよね？　それってなぜなんだろう？
アル　前回話したように「フェミニストは男の敵、男嫌い、攻撃的」といったネガティブなレッテルがあるからでしょうね。歌手のテイラー・スウィフトもインタビューでこう話してました。
「10代の頃は、フェミニズムが男女平等な社会を目指すことだと理解してなかった。単に男嫌いの人々をフェミニストと呼んでるような気がしてたから。(略)でも仲のいい女友達からフェミニズムの意味を教わったことで、私は自分で主張したことはなかったけど、実はずっとフェミニストだったんだと気づいた」

モブ　フェミニズムを誤解している女性も多いってことか。

アル　周りに生身のフェミニストがいないと、ネガティブなレッテル貼りを信じてしまいますよね。だからこういう対話を通して、誤解を解いていければと思ってます。
かくいう私も昔はフェミニストを名乗ることに抵抗がありました。やっぱり叩かれるのが怖かったから。
でも私たちが進学して就職して選挙に行けるのも、バッシングに負けず戦ってくれた先輩たちのおかげなので、怖くても名乗ろうと決めたんです。

モブ　俺は恐怖を克服することが生きることだと思う……わかるかエンヤ婆?

アル　誰がエンヤ婆や。
あと自分が否定されてるように感じる女性もいるでしょうね。

前回話したように、フェミニズムは個人の生き方や選択を否定するものではありません。むしろ真逆で、個人の選択を尊重しようという考え方なんです。たとえばメイク、脱毛、料理、結婚、出産、肌の露出、性的行為……等々、それぞれしたい女性はすればいいし、したくない女性はしなくていい。「女は〇〇するべき」と強制されない社会にしよう、という話なんです。でも「する」と「させられる」の区別がついてない人から「フェミニストは〇〇する女性を否定するのか！」とよく言われるんですよ。

モブ　そうじゃなくて「みんな違って当たり前」が当たり前の社会、誰も排除されない社会を目指すのがフェミニズムなんだよね？

アル　おお〜モブさんが進化している！

モブ　最高にハイ！ってやつだアアアアアアハハハハハハハハハハーッ！

アル　落ち着け。自分が責められてるように感じる女性もいるでしょうね。私自身も「女は笑顔で愛想よく」「セクハラされても笑顔でかわせ」と刷り込まれてきたし、若い頃はそういう言動をしてました。だって男社会に適応しないと生き延びられなかったから。それらはサバイバルの手段だったわけです。

モブ　僕らが若い頃は「セクハラはコミュニケーション」みたいなおじさんが多かったもんな。

アル　今よりもっと男尊女卑な社会で、笑顔でかわすしかなかった女性たちは「セクハラにNOと言おう」というフェミニストを見ると、自分が責められてるように感じるのかもしれません。

モブ　でもそうじゃなくて、そもそもセクハラや性差別をなくそうって話なんですよ。そんな彼女らも被害者だったわけだし。

アル　そうなんですよ……ただ「被害者扱いされたくない」という女性も存在するんです。

アンチフェミの男性は「男尊女卑を守るのが俺の使命だ！　生意気な女を叩きたい！」とシンプルでわかりやすいんですよ。

一方、アンチフェミの女性からはウィークネスフォビア（弱さ嫌悪）を感じます。

モブ　ウィークネスフォビア？

アル　「私は被害者じゃない、私は傷ついてない、そんな弱い女と一緒にしないで」

という心理から、性暴力や性差別に声を上げる女性を「被害者ぶるな！　弱者ぶるな！」と許せない。
アンチフェミの男性は「男の方が弱者だ」と主張するけど、アンチフェミの女性は「女を弱者扱いするな」と主張する人が多いと思います。

モブ　なるほど……なんか複雑だね。

アル　「男以上に強くなければ」「弱みを見せてはならぬ」というマッチョ思考から、自分の傷つきを認めたくないのかなって。
でも傷ついたら傷ついたと言える社会、助けを求められる社会の方が生きやすいじゃないですか？

モブ　たしかに……ただ僕自身も「男は強くなければ」「弱みを見せてはならぬ」と刷り込まれてきたから、気持ちはわかるっていうか。

アル　おお〜モブさんが進化している！

モブ　歌でもひとつ歌いたいようなイイ気分だ〜〜〜フフフフハハハハ！

アル　落ち着けって。
クインビー（女王蜂）症候群という言葉があります。男社会で成功した女性が、他の女性に厳しくあたることを表す言葉なんですね。

彼女らは「自分はこれまでさんざん苦労してきた」という思いから、後輩がセクハラや性差別を訴えると「自分が若い時はもっと大変だった、最近の若い子は我慢が足りない」と批判するんですよ。

モブ　そういうこと言うおじさんはめっちゃ多いよね……。

アル　男社会で地位を獲得した人の多くは、既存のシステムを変えたくないんです。システムが変わると自分の地位も脅かされるし、それを否定することは自分の成功を否定することになるから。

モブ　なるほど。でも逆に、既存のシステムを変えようとする人もいるよね？

アル　後輩に同じ苦労をさせたくない、次世代のために道を切り開かねば、と戦う人もいますよね。アル天丸もかくありたい。

モブ　俺も目の前の一本の道しか見えちゃいねェ。

アル　高杉〜〜!!

「自分は我慢してきたんだから、おまえも我慢しろ」じゃなく、誰も理不尽に我慢しなくていい社会にしたいですよね。

モブ　ただ「おまえも我慢しろ」と言いたくなるおじさんの気持ちもわかるんだよ。僕も「男のくせに泣くな」「男だったら耐えろ」と言われて育ってきたから。

アル　『男の子はどう生きるか？』ＪＪからボーイズへの遺言」（１４５ページ）に以下の文章を書いたので、引用しますね。

『「男はこれぐらいで傷つくな」「男は強くあるべき」と呪いをかけられて育つと、子どもは自分の傷つきや苦しみを認められなくなる。

感情を抑え込むようになり、感情を言葉にできなくなってしまう。

自分で自分の感情がわからないと、他人の感情もわからない。自分の感情を言語化できないと、他人と理解共感し合い、深いつながりを築くことも難しい』

『男も女も繊細でいいし、傷ついていいし、泣いていいし、弱くてもいい。自分の弱い部分を認められて、助けを求められることが強さなのだ。

この強さとは人に勝つための強さじゃなく、生きる力としての強さなのじゃよ』

モブ　たしかに……僕も弱音を吐いたり、人に相談するのが苦手なんだよ。これも男らしさの呪いなんだろうな。

アル　あと「男のくせに泣くな」「男だったら耐えろ」とケツを蹴られ続けると、他人のケツも蹴りたくなると思うんですよ。

モブ　先輩からしごきや体罰やパワハラを受けてきた人が、後輩にも同じことをしてしまうように。

アル　そういう呪いの連鎖を断ち切らないと、みんなが不幸になるよね。

モブ　たとえば、うちの父は男らしさの呪いを煮つめたような、セクハラパワハラのセパ両リーグみたいな人物でした。

アル　父は商売に失敗して自殺してしまったけど、「男は稼いでナンボ」という呪いから、稼げなくなって絶望したのだろうし、「男は強くあるべき」という呪いから、人に助けを求められなかったんだと思います。

モブ　そうか……男性の自殺が多いのも、ジェンダーの呪いが影響してるのかも。

アル　そうなんですよ。だから「男と女、どっちがつらい?」みたいな不毛な争いはやめて、みんなでジェンダーの呪いを滅ぼそう、家父長制をぶっ壊そうぜ！と呼びかけたいです。

モブ　この呪われた歴史に終止符を打つ。もう終わらせよう。終わりにしたいんだよ、俺達で！

アル　ジークが言うと縁起が悪いな。
ジェンダーの呪いをわかりやすく言うと「女の子は翼を折られて、男の子はケツを蹴られる」だと思います。
前回、医大の不正入試によって性差別が可視化されたと話しました。性別を理由に不合格にされて、多くの女の子が翼を折られてきたわけです。
ところで東大には女子学生が２割しかいないんですが、理由は何だと思いますか？

モブ　ロードローラーだッ!!

アル　真面目に答えんかい。

モブ　うーん、男子の方が女子より偏差値が高いから？

アル　いいえ、男子と女子の偏差値分布は同じです。

東大に女子が少ないのは、そもそも受験する女子が少ないから。つまり東大に受かるぐらい優秀な女子が東大を受けないんですよ。そこには、親の教育投資が影響してます。きょうだいのいる家庭では、女子の教育投資の優先順位が低くなる傾向があるんですよ。

モブ　娘より息子に期待してお金をかけるってこと？

アル　はい、その傾向は地方に行くとより強くなります。

「娘には地元の大学に進んでほしい」「娘には浪人させたくない」という親が多いんです。東京で一人暮らしするのも、浪人して予備校に通うのもお金がかかりますから。

モブ　そうか……お金に余裕がある家庭ばかりじゃないもんね。

アル　ただでさえ、日本は教育にお金がかかりますから。

たとえばスウェーデンでは大学まで学費が無料で、大学生向けの家賃や生活費の補助も充実してるんですよ。

モブ　日本と外国では全然違うんだな。

アル　ＯＥＣＤ加盟国では、18歳人口の大学進学率は男子より女子が高いです。その中で日本は女子の方が低いんですね。

モブ　「女に学はいらない」なんて昔の話だと思ってたよ……。

アル　女が翼を折られてきた歴史は今もずっと続いてます。20代の女友達は、経済的に余裕のない家庭で育ったんですね。彼女は公立の進学校に通ってたけど、父親から「女は大学なんか行かなくていい、どうせ嫁に行くのに金がもったいない」と言われて、進学できなかったそうです。そのことが今でも悔しい……と泣いてました。

ノーベル平和賞を受賞したマララさんは「女の子でも学校に通いたい」と訴えていたことを理由に、15歳の時に銃撃されました。そんなふうに全部つながってるんです。

そういう現実を知ると「ジェンダーは大した問題じゃない」なんて言えませんよね？

モブ　たしかに……僕もジェンダーに無関心だったし、「細かいこと気にしなくても」と思ってたけど、ほんと他人事だったんだな。そうやって気にせずにいられること、無関心でいられることが特権なんだね。

アル　おお〜！　特権を認めたらうんこ漏れるんかみたいなおじさんが多いのに、すばらしい!!

モブ　なんたって俺は、不可能を可能にする男……だからな。

アル　ムウ様〜〜！！！（最推し）

モブ　でもジェンダーを知れば知るほど、自分も気づかないうちに誰かを傷つけてるかもって怖くなってきた。

アル　そう、差別はたいてい悪意のない人がするんですよ。むしろ「盛り上げよう」「喜ばせよう」みたいな善意から、うっかりやらかす場合が多いんです。なので次回は、うっかりやらかさないための攻略法を話しますね。

モブ　そいつは楽しみだな……クークックック。

アル　地球侵略であります！　ゲロゲロリ。

ジェンダー知らなきゃヤバい時代がやってきた③（2022年5月1日）

モブおじさんとの対話が好評につき、続きを書きます。
今回もそれぞれ好きな声優さんの声に変換してくださいね。私は無論、CV子安武人にします。

アル　前回話したように、差別はたいてい悪意のない人がするんですよ。「盛り上げよう」「喜ばせよう」と思って、うっかりやらかす場合が多いんです。
モブ　うっかりやらかさないためには、どうしたらいいんだろう？
アル　まずは差別について学ぶことです。宝塚市が公開している「差別的な言葉や表現について考えてみましょう」という資料を見てください（https://www.city.takarazuka.hyogo.jp/_res/projects/default_project/_page_/001/021/755/sassi19.pdf）。
モブ　この中のいくつかは、僕もうっかり言ってたよ……ヤバいな。
アル　たとえば、ホモ、オカマ、オネエ、レズ、オナベ、ニューハーフ……こうした言葉はいまだにテレビで聞くことがありますよね。「俺の声ってオカマっぽいよね（笑）」と冗談ぽく言ったりだとか。

モブ　僕も自虐ネタっぽく言っちゃうことがある……。

アル　大切なのは「このネタに笑えない人は誰か？」を考えることです。性的マイノリティの多くは「あいつオカマっぽいよな」「ホモなんじゃないの？」とか言われて、傷ついてきたわけです。これは「ソジハラ」というハラスメントになります。

SOGIとは性的指向（Sexual Orientation）と性自認（Gender Identity）のことです。ソジハラとは、性的指向や性自認に関する差別的言動、暴力、いじめなどを指します。

モブ　こちらは自虐ネタのつもりでも、「オカマ」という言葉を聞くだけで傷つく人がいるよね……。

アル　エイプリルフールの「同性婚ネタ」もそうですよね。有名人が同性同士で「結婚しました」とSNSに写真を投稿するやつです。それを見て、同性のパートナーと結婚したくてもできない当事者はどう思うか？

モブ　マジョリティにとっては「エイプリルフール限定のネタ」だけど、同性婚できない当事者は今までずっと苦しんでいたし、今後も苦しみは続くんですよ。それに、そんな投稿を見たら「自分はネタとして消費される存在なんだな」と思いますよね。現実にそうした差別や偏見があるから、当事者はカムアウトもしづらいわけです。

アル　やってる本人たちに悪気はないんだろうけど……。

モブ　そう、本人たちはファンを喜ばせようと思ってやってるんです。「悪意はなかった」「差別する意図はなかった」というのは嘘じゃないんですよ。でもそっちに踏むつもりがなくても、踏まれた側は痛いんです。

アル　その痛みに気づかずにいられることが「特権」なんだね。

モブ　おお～モブさんが進化している！

アル　ンッン～～～～♪　実に！　スガスガしい気分だッ！

モブ　落ち着け。

アル　ただね、個人的意見としては、この手の「やらかし」を責めすぎるのはどうなの？　と思うんですよ。差別意識丸出しの発言とかは、バチボコに批判されて当然です。でも「無知ゆえの過ち」は本人だけの責任なのか？　と思うんですよ。

日本の学校はまともなジェンダー教育や人権教育をしないから、差別について学ぶ機会がなかった。それって社会や政治の責任ですよね。

あとは周りの大人の責任もありますよね。芸能事務所はタレントを守るためにも、しっかり研修をしてほしいです。つかマジでやって！　マジで頼むからマジで!!

モブ　落ち着け。

アル　だって自分の推しが炎上したらショック死しちゃう（泣）。

誰だって間違うことはあるし、間違った後にどうするか？　が大切ですよね。

たとえば、ＢＴＳはすべての新曲の歌詞をジェンダー研究者にチェックしてもらってるそうです。それは、彼らが過去の失敗から学んだから。ＢＴＳのメンバーも過去に女性差別的な歌詞や発言を批判されて、謝罪して改善すると約束したそうですよ。

大切なのは、批判を真摯《しんし》に受け止めること、アップデートのために努力することですよね。そういう姿勢はむしろ称賛されるし、だからこそＢＴＳは世界的に愛される存在になったんでしょう。

あと、真摯に批判しつづけたファンも偉いと思います。

モブ　たとえ推しでもダメなことはダメと批判することが、結果的に推しを守ることになるんだよね。

アル　私も最近、ジェンダーの講演依頼をよくもらうんですよ。「ジェンダー知らなきゃヤバい時代がやってきた」と危機感を抱く企業や組織が増えてるんです。

吉野家の件を見ても「ああいう発言をする人がいることは、とんでもないリスク要因だ」とわかりますよね？（※早稲田大学の社会人向け講座で、講義を担当した「吉野家」の元常務が性差別的な発言をし、解任された事件）

モブ　まさに燃えるべきものが燃える時代になったわけだよね。

アル　私個人は炎上回避が目的でもいいと思ってます。

それをきっかけにジェンダーを学んで、「性差別や性暴力を許さない」という人が一人でも増えてほしいから。こんなんナンボあってもいいですからね。

モブ　僕みたいに無関心だった人が関心を持つことで、社会は変わるんだろうな。

アル　おお〜モブさんが進化している！

モブ　クルクルクルクル。

アル　ゲロゲロゲロゲロ……カエルになってる場合じゃねえわ。

繰り返しますが、「このネタに笑えない人は誰か？」を考えることが大切です。たとえば、テレビでいまだに痴漢ネタ等を見かけます。また、最近はかまいたちの山内氏の発言に批判が殺到しました（※エレベーターで同乗を避けた女性に不審者と思われたと感じ、驚かせようとした）。

現実に多くの女性が性被害に遭ってるんですよ。それで女性が警戒すると「自意識過剰w」とネタにされ、いざ被害に遭うと「なぜ自衛しなかった」と責められるんです。

警戒されて腹が立つ男性もいるでしょう。でも女性にとっては命を守るための真剣な行動なのだから、茶化してネタにするのはやめてほしい。それを見てフラッシュバックが起きる被害者もいるでしょう。そういうことを想像してほしいんです。

モブ　特に有名人の発言は影響力があるから。

アル　そう、下ネタがNGなんじゃなく、「性暴力を下ネタとして扱うな」と批判してるんです。

現実に性被害に遭って外出できなくなる人、通学や通勤ができなくなる人、鬱になる人、命を絶ってしまう人もいるんです。被害に遭った後も被害者の苦しみは続くんですよ。

モブ　そういう現実を知らないから、ネタにしてしまうんだろうな。

アル　児童虐待や動物虐待はネタにしないのに、性暴力をネタにしてしまうのはなぜか？

それは性暴力をネタにする文化、軽視する文化がずっと続いているから。いい加減、私たちの世代でなくしましょうよ。私は2丁目劇場に通うお笑い大好き少女でした。令和の芸人さんにはアップデートした笑いを見せてほしいです。

モブ　正直、耳が痛いよ……。僕も女性に警戒されると「俺がそんなヤバい奴に見えるか？」とつい思ってしまうから。

アル　誰がヤバい奴かなんて見分けがつかないから、こちらは全方位に警戒するしかないんです。それはむしろ男性側に「性犯罪者に対する間違ったステレオタイプ」があるからでしょう、キモい男とかモテない男とか。
でも現実の痴漢の多くは「ごく普通の既婚サラリーマン」であるように、女性の方が「ごく普通に見える人が性犯罪をする」ことを体験的に知ってるんですよ。

モブ　警戒するな、でも自衛はしろ、なんて無茶な話だよね……。

アル　そんなトンチ、一休さんでも解けませんよね？
女友達は出張先のホテルで男性上司に「部屋で仕事の打ち合わせをしよう」と言われて「警戒したら失礼かも、自意識過剰と思われるかも」と部屋に行って、性被害に遭いました。多くの女性がこのように考えて、自衛するのをためらうことも知ってほしいです。
念のため言っときますが、「部屋で飲もう」と言われて「いいですね、飲みましょう！」と部屋に行ったとしても、同意したのは「部屋で飲むこと」だけです。

モブ　それで性被害に遭うと「なぜ部屋に行った？」と女性が責められるんだよね。

アル 「なぜ同意をとらなかった？」と加害者を責めるべきなのに、被害者が責められるんです。それを「2次加害」と言います。2次加害が怖くて被害を相談できず、支援につながれない被害者もすごく多いんですよ。

モブ それで結局、加害者が野放しになるのか。

アル テレビで芸能界の性暴力問題を取り上げた時、男性芸人が性被害に遭った女優さんについて「家行くかなぁ？」と言ったそうです。
その彼に「明石家さんまに家に来いと言われて断れるか？」と聞きたいです。
それでもし大御所芸人が後輩芸人を殴ったとして「家に行った方が悪い」と責めるか？ と聞きたいです。この手の発言をする人は「自分には性被害に遭った女性を責めたい心理がある」と気づくべきです。
何より、こんな2次加害を垂れ流すテレビ局に問題がありますよね。今すぐ性暴力の研修を徹底してほしいです。

モブ これだけしょっちゅう炎上してるのに、なぜ誰も止めなかったんだろう？

アル 偉い人に忖度して意見を言えない環境もあるでしょうね。だから第三者によるチェックが必要なんですよ。

私でよければ「こんなもん全裸でキャンプファイヤーするようなもんやぞ」と教えてあげますよ、ギャラは50円でいいです。

モブ　50円だったら頼みやすいね。正直、僕も性暴力について無知だったよ。そんなに多くの女性が被害に遭ってるなんて知らなかった。

アル　性犯罪は暗数がすごく多いんですよ。痴漢被害を警察に届けるのは1割で、10倍の暗数があると言われてます。レイプを届けるのは5％以下で、20倍以上の暗数があると言われてます。しかも被害届を受理されないことや、加害者が起訴されないことも多いんですよ。ちなみに性犯罪の加害者の95％以上が男性で、被害者の90％以上が女性です。男性の被害者は未成年の子どもが多いです。

モブ　やっぱり男性は女性に比べて性被害に遭いづらいから、他人事になっちゃうのかな……。告白すると、僕も痴漢の話とか聞くと「女性側にも隙があったんじゃや」と思ってたし。

アル　電車でスリに遭った人を「隙があった」「そんな高級な服を着てるから」と責

めないし、加害者が１００％悪いとわかりますよね？　それが痴漢になると「隙があった」「そんな薄着をしてるから」と被害者が責められる、そこには認知の歪みがあるんですよ。

モブ　僕も認知が歪んでるんだろうな。それに「なんで警戒されなきゃいけないんだ」と思ってたけど、警戒せずに暮らせることが特権なんだね。まずはそれを認めることが大事なんだと気づいたよ。

アル　それを認めるのは大変なことなんです、すごく勇気がいることなんですよ。

モブ　人間讃歌は勇気の讃歌ッ！　パパウパウパウ!!

アル　別キャラになっとるがな。認知の歪みを直すには「学び落とし」が必要なんです。なので一緒に学びながら「性暴力を許さない」と法螺《ほら》貝を吹きましょう。

モブ　この俺のためにファンファーレでも吹いてるのが似合っているぞッ！

アル　法螺貝や言うてるやろ。批判に真摯に耳を傾けるのも、すごく大変なことなんです。でもそれをしないと同じような失敗を繰り返すし、永遠に変われないんですよ。

モブ　BTSの話みたいに、ファンが批判してくれたおかげでアップデートできたりするし。

アル　そうそう、それに批判する側も大変なんですよ。特に日本は批判する側が叩かれるじゃないですか。「表現の自由ガー」と言うてくる人もいるけど、表現の自由は批判されない権利じゃない。それに批判するのも表現の自由なんです。これ言うの何回目って感じだけど。

モブ　ほんと僕もアップデートしなきゃヤバいな……そのためのコツってある？

アル　たとえば、何かに批判の声が上がった時に「自分は気にならないけど」と言う人がいますよね？「自分は気にならないけど」で思考停止するんじゃなく「気にならない自分はヤバいんじゃや？」と考えるといいです。それで「なぜ批判の声が上がっているのか」を調べるといいです。

それの何がどう問題なのか解説している記事とか読むと「なるほど、こういう部分が差別的なのか」と気づくきっかけになるから。

モブ　そんなふうに学ぶことで、自分もうっかり誰かを傷つけずにすむよね。

アル　そうそう、これまで学ぶ機会がなかったなら、これから学べばいいんです。みんなアップデートの途中なんだから。

では次回はもっと気づきにくい、「えっこれがNGなの？」みたいな事例を取り上げます。ここまでは超初心者向けでしたが、ちょっとだけレベルアップしますよ。モブさん、準備はいいですか？

モブ　行こう。俺達は、ただ進むだけだよな……エレン。

アル　誰がエレンや。あとやっぱジークが言うと縁起が悪いな。ではまた～♪

ジェンダー知らなきゃヤバい時代がやってきた④（2022年5月18日）

モブおじさんとの対話、続きます。今回もそれぞれ好きな声優さんの声に変換してくださいね。私は一途に、CV子安武人にします。

アル　前回「BTSはすべての新曲の歌詞をジェンダー研究者にチェックしてもらっている」という話をしました。
　それに「検閲だ」とコメントがついてましたが、検閲とは公権力が強制的にチェックすることなので、全然意味が違いますよね。

モブ　ジェンダーに詳しくないと、何がアウトなのか自分で気づけないもんね。

アル　ジェンダー感覚って九九みたいなものなんです。

モブ　九九？

アル　九九はいったん学んで身につけば、考えなくてもパッとわかりますよね？
　ジェンダー感覚も同じで、いったん学んで身につけば「これはアウト」って即わかるんですよ。

日本の学校はまともなジェンダー教育をしないから、ジェンダー感覚を身につける機会がなかった。それって社会や政治の責任ですよね。今の時代、ジェンダーは必修科目だと思います。
特に世界で活躍したい人はアップデートしないとヤバいです、なんせ日本はジェンダーギャップ指数116位（2022年）ですから。ジェンダーを学んで「あれは良くなかったな」と気づいたら、今後やめればいいんですよ。間違ったことのない人なんていないんだから。
今回は「こういうのはもうやめた方がいいんじゃないの？」という話をしますね。前回「このネタに笑えない人は誰か？」を考えることが大切と言いましたが、たとえばナンパネタ。

モブ　ナンパ？

アル　痴漢ネタに比べると、ナンパネタはライトな印象ですよね。でも、ナンパで怖い思いをした女性は多いんですよ。
ナンパしてきた男に跡をつけられたり、断ると暴言を吐かれたり、殴られたり突き飛ばされたり……それって決して珍しい話ではないんです。

モブ　ひどいな……それも僕たち男には見えない世界なのかも。

アル　ナンパされた話をすると「モテ自慢？（笑）」とか返す男性は多いですよね。「ナンパも出会いの一つ」「ナンパされて喜ぶ女もいるだろ」とか言う人もいますが、ナンパされて喜ぶ女性がいるからといって、ナンパで怖い目に遭う女性がいる現実は変わらない。「イケメンならいいんだろ」とかも現実をわかってないです。元男性アイドルによる性暴力事件もありましたが、誰が加害するかなんてこっちはわからないんですよ。
「リアルナンパアカデミー」の塾生らが起こした準強姦事件もありました（※ナンパを目的とした集団が複数名の女性に性的暴行を加えた事件。10名以上が逮捕され、代表の渡部は懲役13年の実刑判決となった）。
ナンパネタを見てフラッシュバックが起きる被害者もいるでしょう。そう考えると、ナンパをネタにするのはもうやめた方がいいと思いますね。

モブ　「好みの子がいたらどうやって声をかける？」みたいな話は、男同士のノリでしちゃってたな……。

アル　大半の女性は見知らぬ男性に声をかけられると怖いし、密室で二人きりになるのも怖い、それは知っておいた方がいいです。

モブ　そうやって怖がらずにすむことが、男性が女性に比べて性被害に遭いにくいことの「特権」なんだね。

アル　おお〜モブさんの進化が止まらない！

モブ　ケロッケロッケロッ、いざ進め〜♪

アル　地球侵略せ〜よ〜♪　って歌ってる場合じゃねえわ。
「ラッキースケベ」ネタもやめた方がいいと思います。偶然だったら許される、という誤解を刷り込んでしまうので。たとえ偶然でも、同意なくプライベートパーツを触られたり見られたりした側は傷つくんだ、と子どもたちに教えるべきですよね。

モブ　「たまたま胸があたってラッキー」とか笑いにするのは、もうやめた方がいいよね。ついノリで言っちゃいがちだからこそ、気をつけないと。

アル　続いては、ジェンダーロール（性役割）系のお話です。
ジェンダーロールとは「社会的に期待される性別ごとの役割」という意味です。代表的なのは「男は外で働き、女は家で家事育児をする」というもの。

たとえば、料理が得意な男性や子どもの世話が得意な男性を「○○ママ」と呼んだりするじゃないですか。これも言う側に悪意はないし、むしろ褒《ほ》めるニュアンスで言ってる場合が多いです。でも、料理や子どもの世話をするのはママだけじゃないですよね？

モブ　料理や子育てはパパだってするよね。

アル　そう、それにママやパパがいない家庭もあるし、同性カップルで子育てする家庭もあります。この「○○ママ」という呼び方は「家事育児は女の仕事」というジェンダーロールを強化する表現になるんですよ。

「そんな細かいこと気にしなくても」と言う人もいますが、言葉は文化を作りますから。

それに、ジェンダーの問題は全部つながってるんです。私はそれを「ジェンダーの呪いの連鎖」と呼んでます。

「家事育児は女の仕事」という呪いが、ワンオペ育児、待機児童問題、男性育休の取りづらさ、マタハラ（※妊娠や出産や育児をきっかけに、職場で嫌がらせや解雇、左遷、雇い止めなどの不当な扱いを受けること）やマミートラック

（※女性が仕事と育児の両立をしていく中で、昇進や昇給などの機会が激減するキャリアコース）、賃金や雇用の男女格差、女性管理職や女性政治家の少なさにもつながって、ジェンダーギャップ解消が進まないナウ。この呪いの連鎖を断ち切るために、言葉を大切にしたいですよね。

だから私は「男／女らしい」「女子力」「男気」「男泣き」みたいな言葉は使わず、言い換えるようにしてます。

最近、中高生向けにジェンダーの授業をすることがあるんですよ。

ある時、中学生の男の子が「お菓子作りが好きなんだけど、『女子力高い』と言われるのがイヤだ」と話してくれました。そう言われるのがイヤで、彼はお菓子作りをやめてしまうかもしれない。逆に「美味しいね」「すごいね」と褒めてもらえれば、才能を伸ばせるかもしれない。ジェンダーの呪いによって、男の子も翼を折られるんです。そんな呪い、ブッ潰したいと思いませんか？

モブ　だったら俺達はこの世界に喧嘩を売るしかあるめェ。

アル　高杉〜!!

男の子も女の子もそれぞれの個性や才能を伸ばせる世界にしたいですよね。「家事育児は女の仕事」と思ってない人でも、バイアスのかかった発言をしてしまうことはあります。アンコンシャスバイアス（無意識の偏見）は自分では気づきにくいから。

モブ　それに気づくためのコツってあるかな？

アル　「それ男女逆だったら言うか？」と考えるといいです。

女性陣から聞くのは、「うちは夫が夕食を作る」「休日は夫が子どもをみてる」と話すと「優しい旦那さんだね」「旦那さん、偉いね」と言われるそうです。

モブ　相手は褒めてるつもりだろうけど……でも男女逆だったら言わないよね。

アル　ケイト・ブランシェット先輩は「母親と女優業の両立は大変ですか？」と質問されて「私が男性の俳優ならそんな質問はしませんよね？」と返してました。

モブ　そうやってパッと返せるのがすごいな。

アル　日本で女性の俳優さんが同じ返しをしたら「生意気」と叩かれそうですよね。「朝5時に起きてお弁当を作ってます」とアピールしないと「母親失格」と批判される風潮があるから。

女社長、ママさん議員、女医、リケジョとかも、男女逆だと言いませんよね。これも「女なのに○○」「本来は男がやる仕事」というバイアスがあります。「女性は注目されて得だ」とか言われるけど、それはその分野に女性が少ないから。女性が活躍できる場が少ないことが、男性優位である証拠なんですよ。「女性ならではの気づかい」といった表現も「女性は気づかいできて当然」というバイアスがあるし、「女性でも運転しやすい車」といった表現も「女性は運転が苦手なはず」というバイアスがあります。男は○○、女は○○と決めつけるような表現は、もうやめたほうがいいと思いますね。男も女もいろいろいるし、「みんな違って当たり前」が当たり前の社会の方が生きやすいじゃないですか？

モブ　たしかに……僕も「男女逆だったら言うか？」と考えるようにするよ。もうひとつ質問してもいいかな？

アル　「質問を質問で返すなあーっ!!」と爆殺したりはしませんよ。

モブ　最近ルッキズムって言葉もよく聞くけど、どういう意味？

アル　容姿差別、外見至上主義という意味です。「容姿の良い人を高く評価する」「容姿の良くない人を低く評価する」など、容姿によって人の価値をはかることを言います。

スウェーデン在住の友人いわく、スウェーデンでは「人を見た目で判断しない」「人の見た目に言及しない」が子どもでも知ってるモラルの基本だそうですよ。

「人の見た目について何か思ったとしても、口に出すのはマナー違反」が常識なので、けなすのはもちろん、褒めるのも基本NGなんだとか。「その服ステキだね」「その髪形似合ってるね」とかは積極的に言うけど、顔や体型のことは言わないし、職場で「美人ですね」とか言う人も見かけない、と話してました。

モブ　けなすのがダメなのはわかるけど、褒めるのもダメなんだ。

アル　TPOの問題だと思います。恋人同士が「綺麗だよハニー」とか言うのは好きにやればいいけど、仕事の場では見た目は関係ないじゃないですか。「美人は得だよな」とか言われて、正当に実力を評価されないこともありますよね。「美しすぎる議員」「イケメン社長」とか、本業とは関係ない見た目を評価することで「実力はないのに顔で売ってる」みたいな誹謗中傷にもつながりかねない。

モブ　ただでさえ女性は「職場の花」とか言われて、お飾り扱いされがちです。昔の求人広告には「容姿端麗な女性求む」とか載ってたそうですよ。

アル　そんなあからさまな容姿差別があったんだ。

モブ　私の母は拒食症で亡くなったんですが、摂食障害になるのは圧倒的に女性が多いそうです。「女の価値は美しさ」という呪いが強力だからでしょうね。

でも性別問わず、ルッキズムに傷つく人は多いと思います。

むしろ男性の方が雑に扱われがちというか、「おっさんになったね」とか平気で言われたりしますよね。

アル　かくいう私もルッキズムについてガバガバだったので、反省してます。女性も男性もみんなが尊厳を守られる社会になるべきですよね。

モブ　僕も「太ったね」とか言われたら傷つくもんな……。

アル　私も大学時代に体型イジリされたのがキッカケで、過食嘔吐するようになりました。女友達は上司に「おまえは顔面偏差値でいうと最下位レベルだな」と言われたそうです。

モブ　ひどいな……。「顔面偏差値」みたいな言葉ももう使わない方がいいよね。

アル　「ルッキズムは深刻な社会問題なんだ」と一人一人が意識して、アップデートすることが大切ですよね。

それ以外でもうやめたほうがいいと思うのは、イジリと自虐ですね。イジリの厄介な点は、いじめやハラスメントを「笑い」というオブラートで隠してしまうこと。イジリ問題は、テレビやメディアの影響が大きいと思います。それを見て育った子どもたちは「人をイジれば笑いがとれる」と学んでしまいますよね。

「愛のあるイジリならオッケー」「本人が気にしてなければオッケー」と言う人もいますが、イジられた側は傷ついても傷ついたとは言いにくい。

「冗談なのにマジギレすんなよ」みたいな空気があると、ますます言えませんよね。

モブ　たしかに「ノリが悪い」「空気読めない奴」とか思われたらイヤだし。

アル　それに本人が気にしてなくても、それを見て傷つく人がいるかもしれませんよね？

たとえば体型イジリを見たら、体型にコンプレックスのある人は「自分は笑われてネタにされる存在なんだな」と傷つくと思います。

あと、たとえば漢字や計算が苦手な人をイジる笑いもありますよね？　あれを見て傷つく人もいるんじゃないでしょうか。世の中には貧困家庭で勉強したくてもできなかった人もいる。学習障がいや識字障がいなど困難を抱える人たちもいる。帰国子女の友人は「日本語の間違いをイジられて、話すのが怖くなった」と言ってました。

世の中にはいろんな背景やルーツの人たちがいるのだから、「できないことを笑う」のはもうやめた方がいいんじゃないでしょうか。

モブ　そうだよね。お互いに尊重しながら、楽しく会話することはできるよ。

アル　最近はお笑い芸人でも「イジリや自虐はもう古い」と発信する人たちが出てきて、希望を感じます。やっぱりメディアの影響は大きいですから。
自虐も同じで、見た目、独身、非モテ、年齢……などを自虐するネタを見た時に、「自分は笑われる存在なんだな」と傷つく人はいると思います。

私も若い頃は「ひょうきんなデブでーす！」みたいに自虐してましたが、自虐すればするほどナメられて、扱いがひどくなりました。「イジられたら自虐で返すのが正解、そうしなきゃノリが悪いと思われる」みたいな文化はもうなくしたいですよね。

モブ　そんなものは無駄無駄無駄無駄無駄無駄無駄ッ!!

アル　オラオラオラオラオラオラオラオラッ!!
はあはあ（息切れ）……それと自虐は海外では受けないそうですよ。むしろ下手したらドン引きされるそうです。

モブ　へえ〜そうなんだ。

アル　海外在住の友人たちが話してました。ついクセで自虐したら「なぜそんなに自信がないの？」「そんなに自分を卑下しないで、私が悲しい」と真剣に言われたって。
あと「こっちでは堂々と自信を持って振る舞うことが評価されるから、やめた方がいいよ」と注意されたそうです。
そう言われた友人は「自分は日本社会で女性に期待される振る舞いをしてたん

だな」と気づいたそうです。日本では堂々と自信のある女性は「生意気」と叩かれるじゃないですか。
若い男性も「若造のくせに生意気だ」と叩かれたりしますよね。偉そうなおじさんがいばってる国は生きづらいですよ。

モブ　僕も偉そうなおじさんにならないように注意しないと……。

アル　モブさんは大丈夫ですよ。

モブ　えっマジで？　ウリイイイヤアアアアッーーー！！！

アル　落ち着けって。
次回は「男女の溝を埋めるためには？」というテーマで、ちょっと突っこんだ話をします。モブさん、覚悟はいいですか？

モブ　「覚悟」とは！　暗闇の荒野に!!　進むべき道を切り開く事だッ！

アル　別キャラになっとるがな。ていうかジョルノはディオのむ……。

モブ　おっとそれ以上はネタバレになる。

アル　では、次回もお楽しみに！　ゲロゲロリ。

ジェンダー知らなきゃヤバい時代がやってきた⑤（2022年6月1日）

モブおじさんとの対話、もうちっとだけ続くんじゃ。

今回もそれぞれ好きな声優さんの声に変換してくださいね。オラは断然、CV子安武人にすっぞ！

アル　この対話を読んだ女性陣から「モブさんは平均的なおじさんじゃなくて、すごく希少なおじさんだよね、だって女の話をちゃんと聞くから」という感想が寄せられます。

モブ　そんなに話を聞かないおじさんは多いの？

アル　性暴力や性差別の話をすると「いやでもさ」とさえぎる男性は多いですよ。マンスプしてくる男性もいっぱいいます。

モブ　マンスプ？

アル　マンスプレイニングといって、男性が上から目線で説明や説教をすることを指します。

リリー・ロスマンは「説明を受ける者が説明する者よりも多くのことを知っているという事実を無視して説明すること、多くの場合、男性が女性に行うこと」と解説してます。性暴力や性差別について、どう考えてもこちらの方が詳しいのに「いやそれは違うよ」とか言うてくる男性は多いです。

彼らは「自分は教える立場だ」「女の話なんて聞く価値がない」「だって女は男より劣ってるから」というミソジニー（女性蔑視）を内面化してるんですよ。でも本人は自覚がなくて「いや俺は女性は好きだよ？」とか言うから始末に負えない。「女好き」と「女性を一人の人間として尊重すること」はまったく違いますから。

モブ　たしかに……まずは黙って話を聞くこと、目の前の女性の話に真摯に耳を傾けることが大切だよね。

アル　そう、あとは「自分が知らない、ということを知ること」が大切です。ソクラテスの「無知の知」ですね。自らの無知を自覚することが、真の認識に至る道であるという教えです。

モブさんみたいに「知らないから教えて」と言えるおじさんは希少種なんです

よ。

モブ　ボリボリ……フハハハハ……フフフフ……フハフハフハフハ!!

アル　落ち着けって。

あと「俺が納得するように丁寧に説明してみろ」みたいな男性も多いです。もしあなたが欧米に暮らしてアジア人差別を受けてきたとして、白人から「人種差別について丁寧に説明してみろ」と言われたらどう思う？　と聞きたいです。彼らはマジョリティの傲慢さに気づくべきですよ。

モブ　被害を受けている側に説明を求めること自体が、暴力的なんだな。

アル　そう、被害に遭った話をするのはすごくつらいんですよ。

たとえば、性暴力の被害者は話せるようになるまで何年もかかったという人が多いです。被害の記憶がフラッシュバックすることもある、その苦しみをわかってほしい。

『失敗しないためのジェンダー表現ガイドブック』から一部を引用しますね。

『性暴力被害による精神的な影響は大きく、多岐にわたります。（略）それを示すデータの一つが、PTSD（心的外傷後ストレス障害）の発症率の高さです。

PTSDは、生死に関わるような危険に直面したり、そうした現場を目撃したりして、強い恐怖を感じるトラウマ体験をしたときに現れます。

一定期間たった後もその記憶が自分の意志と関係なく思い出されたり、つらさのあまり現実感がなくなったりします。

特定の症状が残り、大きな苦痛をもたらして社会的機能をさまたげているような状態です。

（略）米国の調査によれば、レイプされた人がその後PTSDを発症した割合は女性45・9％で、身体的暴行（21・3％）、自然災害や火事（5・4％）などの出来事よりも高くなっています。

男性にいたっては65％と突出して高く、戦闘体験（38・8％）を上回ります』

モブ　僕はそういうことも知らなかったな……。

アル　性被害に遭うのは圧倒的に女性が多いので、男女で意識のギャップがありますよね。

テレビで痴漢ネタが流れたり、痴漢・盗撮・レイプものと呼ばれるAVが多数あったり、日本は性暴力が軽視される社会です。女友達は息子がアニメの風呂のぞきシーンを見ていた時に「これは犯罪なんだよ」と注意したら「いちいち目くじら立てなくても」と夫に言われて、絶望したそうです。女性が痴漢の話をした時に「でも冤罪もあるよね」と返す男性もあるあるですね。

モブ　正直、僕も耳が痛いよ……。

アル　交通事故の被害者に「でも当たり屋もいるよね」とは言いませんよね？　性暴力の話になるとバグる男性は多いです。現実に痴漢に遭って通学や通勤ができなくなる人や、命を絶ってしまう人もいるんです。それは女にとって他人事じゃないんですよ。

モブ　どうしても男は他人事になっちゃうのかも……。

アル　ほとんどの女性は性被害に遭っていて、現実に恐怖や苦しみを体験してるんです。一方、男性が言う「冤罪が怖い」は想像上の恐怖ですよね？　自分や男友達が冤罪被害に遭って苦しんでるわけじゃなく、メディアで見かけた話ですよね？　なぜそれを同列に語るのか、とムカつきます。

モブ　そうだよね……男側が被害者に寄り添う姿勢を持たなきゃダメだよね。

アル　そういう人とは対話が成立するんですよ。私は対話できない人とは話さないことにしてます、時間の無駄ですから。

モブ　無駄無駄無駄無駄無駄無駄無駄無駄ッ!!

アル　オラオラオラオラオラオラッ……ゲホッ、ゲホゲホ。

モブ　大丈夫？

アル　大丈夫、死んではいない。

モブ　男にとって耳が痛い話でも、ちゃんと耳を傾けないと。

アル　性暴力は「男VS女」ではなく「善良な市民VS性犯罪者」という話なんです。それなのに「責められてるみたいでつらい」「犯罪者扱いされたくない」と感じる男性が多いのは、なぜなのか？

モブ　僕も責められてる気分になるんだけど、なぜなんだろう……。

アル　そこには罪悪感があるんじゃないか、と思うんです。

モブ　罪悪感？

アル　たとえば、電車の中で「あの女性、胸が大きくてエロいな、触りたいな」と思ったことのある男性は多いんじゃないでしょうか。

モブ　うん……言いづらいけど、僕もあるよ。もちろんジロジロ見たりはしないけど。

アル　性的な視線を向けられるだけでも、女性は恐怖や不快感を感じますからね。でも「エロいな、触りたいな」と思うことは、罪じゃないんですよ。「こいつムカつく、殴りたい」と思うのは自由だけど、殴ったら罪になる。それと同じで「触りたい」と思うのは自由だけど、触ったら罪になる。あと「エロいな、触りたいな」と本人に言うとセクハラになる。そこの区別がついてないのかなって思うんですよ。吉良吉影も女性の手を見てムラムラしてるだけなら、罪はなかったんです。私たちは性欲や性癖を否定してるんじゃなく、性暴力をするなと言ってるんです。

モブ　たしかに……その罪悪感はあるかもしれない。それで勝手に責められてる気分になるのかも。

アル　脳内は不可侵領域で、何を思おうが自由なんです。

なぜこんな話をしたかと言うと、罪悪感のせいで、性暴力の問題から目をそらしてほしくないから。私は男性にも知ってほしいし、考えてほしい。それで「性暴力を許さないガチ勢」になってほしいんです。そういう人が増えることで、性暴力がしづらい社会になりますから。

モブ　ところで、1年のうちで痴漢が減るのは何月だと思います？

アル　えーと、真冬とか？　みんな分厚いコートとか着てるし。

モブ　統計によると、痴漢が一番減るのは7月と8月です。「薄着だから」と被害者を責めるのは間違いなんですよ。その時期に痴漢が減るのは、夏休みで電車に乗る学生が減るから。それだけ中高生が痴漢に遭ってるんです。痴漢の調査を見ても、被害者の7割強が18歳以下、つまり子どもの頃に被害に遭ってます。また児童の性被害の1割は男の子です。

アル　子どもを狙うなんて許せない……駆逐してやる……一匹残らず!!

モブ　電車みたいな第三者がいっぱいいる公共の空間で性犯罪が起こるなんて、おかしいじゃないですか？　周りの乗客が「痴漢はいねが〜!?」と目を光らせることで、痴漢は痴漢できなくなります。
被害者でも加害者でもない、第三者の視線や行動が痴漢を駆逐する鍵なんです。今の子どもたちが大人になった時に「昔は電車の中でめっちゃ痴漢にあったってマジ!?」と言える未来にしましょうよ。そのために、みんなで性犯罪者と戦いましょう。

モブ　意味もなく戦いたがる奴なんざ、そうはいない。戦わなきゃ守れねえから、戦うんだ。

アル　ムウ様〜〜!!!(最推し)
あといい加減、中高生を性的対象として扱う文化はなくすべきだと思いますね。現実に苦しむ被害者がいるんだから。私も小学生の時から「おっぱい大きいね」と通りすがりのおっさんに言われたり、電車や路上で何度も痴漢に遭ってきました。それって何年たっても忘れられないし、きっと死ぬまで忘れられないと思います。
ところでテレビや新聞でも報道された、サンダーバード事件って覚えてますか?

モブ　うーん、覚えてないな……。

アル　２００６年、特急サンダーバードの車内で21歳の女性が乗客の男に強姦された事件です。
その車両には40人もの乗客がいたけど、誰も何もしなかった、車掌や外部に通報することすらしなかったんですよ。

モブ　ひどいな……みんな見て見ぬフリをしたんだ。

アル　私は新幹線に乗るたびにこの事件を思い出します。「彼女は自分だったかもしれない」と思うから。

モブ　僕はその事件のことを覚えてなかったし、自分が強姦されるなんて考えたこともないな……。

アル　私も男性として生まれていれば、そうだったかもしれません。

モブ　無関心でいられること、考えずにいられることが特権なんだね。
でも、僕はこの対話を通して変わったと思う。自分には見えない世界があることを知ったし、性暴力や性差別についてちゃんと考えようと思った。

アル　うう……嬉しい……AHYYY AHYYY AHY WHOOOOOOHHH

ＨＨＨＨＨ!!

モブ　大丈夫？

アル　フー、スッとしたぜ。

そういう人を一人でも増やしたくて、性暴力や性差別について発信してるんですよ。

この国では女が声を上げると叩かれます。フェミニズムはバックラッシュの歴史ですが、今もフェミニストは「ツイフェミ」という蔑称で呼ばれて、嫌がらせや誹謗中傷を受けてます。

私もほんとは植物のように静かに暮らしたいんですよ。それでも声を上げて活動するのは、もう二度と後悔したくないから。

モブ　後悔？

アル　２０１７年に伊藤詩織さんの告発があって、日本でも#MeTooやフラワーデモが広がり、多くの女性が声を上げはじめました。

ようやく日本でも性暴力の問題が注目されるようになって、山が動いた……と実感してます。

でもやっぱり「私たちの世代がもっと声を上げていれば、被害を止められたんじゃないか」と思うんですよ。

その後悔がずっと頭から離れないんです。

私は性暴力を見過ごさない、見て見ぬふりをしない社会にしたい。

そんな思いから、２０２０年に「#Active Bystander ＝行動する傍観者」という動画を作りました（https://www.youtube.com/watch?v=sp1e9hKZ97w）。

モブ　アクティブバイスタンダー？

アル　Active Bystander は海外ではよく知られてる言葉なんです。

欧米では第三者介入の教育プログラムが広く行われていて、性暴力の事件数が47％減った学校もあります。

この動画で言いたかったのは、その場に居合わせた人の「小さな行動」によって被害者を助けられるということ。

「大丈夫ですか？」と声をかけるだけでも、被害者は安心します。「助けてくれる人がいる」という安心感、社会に対する信頼があれば、被害者は助けを求められます。逆に「誰も助けてくれない」と絶望すると、一人で抱え込んで、支援にもつながれません。

モブ　そうだね……僕も「自分にできることは何だろう？」と考えるようにするよ。それでもし痴漢やセクハラを見かけたら、勇気を出して行動しようと思う。

アル　みんながちょっとずつ勇気を出し合えば、世界は変わるんです。元気玉と同じ理屈ですね。

モブ　クリリンのことか――――――っ!!!!!

アル　モノマネうめーな。完成度たけーなオイ。では、次回は最終回「多様性って、何かね？」という話をします。ぜってえ見てくれよな！

ジェンダー知らなきゃヤバい時代がやってきた⑥（2022年6月18日）

モブおじさんとの対話、最終回です。
ラストもそれぞれ好きな声優さんの声に変換してくださいね。私はCV子安武人を貫きます。

モブ　この対話を通して、決意したよ。アクティブバイスタンダー（行動する傍観者）に、俺もなる!!

アル　すばらしい！　差別やハラスメントをなくすには、第三者の行動が鍵なんです。たとえば上司が差別、セクハラ、イジリ発言などをした時に、大切なのは周りが同調して笑わないこと。周りが真顔でドン引きすれば、相手はそれ以上続けられなくなりますから。

モブ　偉い人に忖度しない勇気が大切だよね。

アル　もし可能であれば「それアウトですよ」と指摘してほしいです。
女友達から聞いたんですが、職場でおじさん上司が女性社員に「今日も旦那と子作りするのか?」と言った時、男性社員が「それセクハラですよ」と指摘したそうです。すると上司は二度とその手の発言をしなくなったんだとか。彼女は「悔しいけど、私が指摘したら『○○さんは怖いなぁ(笑)』と茶化されたと思う」と話してました。ミソジニー(女性蔑視)が染みついたおじさんは女の話を聞かないから。だからこそ、男性が積極的に行動してほしいんですよ。

モブ　女性の話を聞かないおじさんは多いんだなあ。

アル　「女の話など聞く価値がない」「女は黙ってわきまえていろ」みたいなおじさんは多いですよ。それで「それ女性差別ですよ」と指摘されると「俺は間違ってない! こんなに責められて被害者だ!」と逆ギレするんです。森喜朗氏なんかは、「有害な男らしさ」のお手本みたいな人物ですよね。有害な男らしさの典型は、間違いを認められない、素直に謝れない、反省できないことだと思います。

モブ　僕も反面教師にしないと……悪いお手本にはなりたくないもんね。

アル　ジェンダーの講演をすると「子どもにジェンダーの呪いを刷り込まないために

はどうしたらいいですか？」とよく質問されるんです。子どもは周りの大人をお手本にして育つから、大人が良いお手本を見せることが大切ですよね。たとえば「今のはママが間違ってた、ごめんね」と素直に謝るとか。

誰だって間違うことはあるし、間違った時に真摯に謝罪して改善することが大切ですよね。3回目の対話で紹介した、BTSの対応は良いお手本だと思います。

何より、大人が対等に尊重し合うコミュニケーションを見せることが大切ですよね。たとえばパパがママの話をちゃんと聞かないとか、ママを見下すような態度をとると、子どもは男尊女卑を学んでしまいますから。

モブ　そうだよね。あと子どもはテレビやメディアからも影響を受けるよね。

アル　友人の太田啓子さんが『これからの男の子たちへ』に書いてました。太田さんは二人の息子さんたちが見るテレビやアニメを制限はしてないそうです。ただ一緒に見ている時にラッキースケベやゲイイジリみたいな場面があると「ママはこれは良くないと思う、なぜなら……」と説明するそうです。

モブ　子どもに説明できるように、まずは大人がジェンダーを学ばないとね。

アル　そうなんですよ。太田さんから聞いたんですが、みんなで遊んでる時に弟さんが泣いちゃったそうなんです。それを見たお友達が「男のくせに泣くなよ」と言ったら、お兄ちゃんが「男とか女とか関係ないよ」と即、返したそうです。

モブ　そうか、すごいな……。まずは僕自身が「男らしさの呪い」から解放されないといけないかも。その方が、自分も周りも幸せになると思うんだよね。

アル　モブさんの進化が止まらない……究極生命体に近づいているッ……!!

モブ　だが頂点に立つ者は常にひとり!!

アル　キャラ変わっとるがな。

モブ　そのためには、考えることをやめちゃいけないね。

アル　そう、考えずにすむことが特権なので、マジョリティ（多数派）は思考停止しがちなんです。

たとえば男性同士が仲良くしてると「あいつらデキてんのか」「ヤバいだろ（笑）」とか言う人がいますよね。この言葉に傷つく人がいるかも、と考えられないわけです。

私もかつては「彼氏できた？」「どんな男子が好み？」とか職場の女子に聞いてました。相手のセクシャリティを無視する発言をしていたな、と反省してます。ジェンダー感覚を身につけた今は「この場にも性的マイノリティがいるかもしれない、この言葉に傷つく人がいるかもしれない」と考えながら発言してます。

モブ　僕もうっかり誰かを傷つけないように気をつけよう。こちらに踏むつもりがなくても、踏まれた側は痛いもんね。

アル　おお〜モブさんの進化が限界突破！　そこにシビれる憧れるゥ！

モブ　ズキュゥゥゥン！！！

アル　遊んでる場合じゃねえわ。

何度も言いますが、差別はたいてい悪意のない人がするんですよ。むしろ「善意ハラスメント」をしてしまうこともあります。

たとえば、ゲイの知人男性は職場の女性から「彼女いないの？　どんな女の子が好み？　紹介しようか？」とか言われて、うんざりしてます。

モブ　たしかに、相手が善意の人だと塩対応しづらいよね。

アル　相手は親切な良い人だったりするから「余計なお世話オブお世話やぞ」とは言えませんよね。でも当事者は「またか……またごまかさなきゃいけないのか」とうんざりしたり、「ゲイだとバレたらどうしよう」と不安になったりしますよね。こういうのは「マイクロアグレッション」にあたるんですよ。

モブ　マイクロアグレッション？

アル　主にマイノリティが受ける「小さな攻撃」を意味します。発言する側に相手を傷つける意図はなく、むしろ「良かれと思って」「褒めるつもりで」言うことが多いため、わかりにくいのが特徴です。たとえば、カナダ人の友達は30年以上日本に暮らして日本の大学院を卒業して翻訳の仕事をしていて、私よりよっぽど語彙力が豊富なんですよ。にもかかわらず、「日本語上手ですね」と日常的に言われまくってうんざりしてます。この「日本語上手ですね」には「外国人（に見える人）は日本語が下手なはず」というアンコンシャスバイアス（無意識の偏見）があるんですよ。

モブ　言う側に悪意はないし、褒めてるつもりだろうけど……。

アル　「褒めてるんだからいいじゃん、そんなに気にすること？」と思う人もいるでしょう。でも、気にせずにいられることが特権なんです。

マイクロアグレッションを「蚊に刺されること」に喩えた動画にはこんなセリフがあります（出典　アニメ：Fusion Comedy／日本語訳：イチカワユウ）。

『一日に何度も刺されることは、マジでウザい。蚊に本気で怒って焼き尽くしたくなる』

『たまにしか刺されない人からしたら、過剰反応してるように見えるかも』

『だから、次に誰かが過剰反応してるように感じたら思い出して。彼らは蚊にいっつも刺されてるってことを』

モブ　たしかに……蚊にあまり刺されない人には、蚊に刺されまくる人のつらさがわからないかも。

アル　そう、そうやって理解してもらえないこともつらいんです。
うっかり人を刺さないためには、自分のマジョリティ性を自覚することが大事だと思います。マジョリティは自分をマジョリティだと思わずに暮らしてるから、特権に気づきにくいんですよ。

たとえば、日本人が日本で暮らしていればマジョリティ（多数派）だけど、海外に行くとマイノリティ（少数派）になります。

ドイツに住んでいた日本人の友達は「人種なんて関係ないよ」「私はアジア人に偏見がないから、あなたと友達になりたいわ」と善良なドイツ人たちから言われたそうです。

モブ　うーん、それはモヤるな……。

アル　そう、言われた側は「あなたは私とは違う、本来は差別されるマイノリティだけど受け入れてあげますよ」というマジョリティの傲慢さ、鈍感さを感じますよね。「人種なんて関係ないよ」と言えるのは、人種を理由に差別される機会が少ないからです。

その友達がドイツ人の夫に「あなたとレストランに行った時と日本人の友達と行った時では、店員の態度が違うのよ」と話すと「気にしすぎじゃない？　きみは敏感すぎるよ」と言われたそうです。

モブ　差別される側と差別されない側では、見えている世界が違うんだな……。

アル　「自分は偏見や差別意識がない」と思ってる人ほど、無意識に差別的な言動をしやすいんです。だから「自分も差別するかもしれない」と気をつけて、差別しないために努力することが大切ですよね。

〝多様性〟ってキラキラワードみたいになってるけど、多様性社会とはみんなが気をつかい合う社会なんですよ。それを「面倒くさい、窮屈な世の中になった」と言う人は「昔は人を踏みつけても怒られなくてよかったな～」と言ってるんです。

あと「多様性を認めよう」みたいな言葉もおかしいですよね？　社会はもともと多様なんです。マイノリティは既に社会で共に生きてるんです。マジョリティにはマイノリティが見えてなかっただけ、見ようとしなかっただけなんですよ。

「マイノリティの権利を認めよう」みたいな言葉もおかしいですよね？　人はみんな生まれた瞬間から平等に人権があるのに、マイノリティはそれを奪われてるんですよ。

モブ　今ある差別をなくそうって話なんだよね。差別されてる側が怒るのは当然なんだよ。僕もこの対話をする前は「なんでそんなに怒ってるの？　面倒くさいなあ」と思ってた。でもこれからは、今まで見えなかった世界が見えると思う。

アル　アムロなら……見えるわ……。

モブ　アムロじゃねえから。

アル　ああ、アムロ……刻《とき》が見える……！

モブ　もうアムロでいいよ。

アル　フェミニズムは「みんな違って当たり前」が当たり前の社会、誰も排除されない、みんなが共生できる社会を目指すものなんですよ。「人数が多い方が正しい」「みんな同じになれ」という同調圧力の強い社会は、生きづらいじゃないですか。

マイノリティが生きやすい社会は、みんなが生きやすい社会だと思います。だって人はみんな年をとって体が弱って、助けが必要になるから。誰もがいずれは〝弱い存在〟になるんですよ。

モブ　そうだよね……僕も最近、膝が痛くて。

アル　私も重い荷物を持つと尿漏れします。

モブ　みんなで荷物を持ち合って、支え合える社会がいいよね。

アル　私もフェミニズムに出会う前は、見えない世界がありました。

ジェンダーを学ぶことは、視力が良くなることに似てるんです。

視力が悪かった頃は足を踏まれても誰に踏まれたかわからなくて、自分が悪いのかな？　と思ってました。

でも今は踏む奴が悪いとわかるし、踏むなと言い返せるし、踏まれないように避けることもできる。

同時に視力が良くなると、見たくないものも見えてしまいます。道に落ちてるうんこも視界に入ってしまう。

でもうんこをうんこと認識できないよりは、ずっとマシじゃないですか？

ジェンダー感覚を身につけると、誰かの発言にモヤることが増えます。モヤることをしんどく感じることもあるでしょう。

でもモヤれるのは、感覚がアップデートできてる証拠なんですよ。だから胸を張ってほしいと思います。

モブ　そうだよね、僕もモヤれる人間になりたい。そのために、耳に痛い言葉にも耳を傾けようと思う。

アル　性差別や性暴力の話になると、居心地の悪さを感じる男性は多いでしょう。でもモブさんみたいに真摯に耳を傾ける姿勢があれば、人はわかりあえるんですよ。

モブ　こういう対話を通して変わる男性は多いんじゃないかな。

アル　人は変わっていくわ、私たちと同じように……。

モブ　ララァ、ヤツとの戯言《ざれごと》はやめろ!!

アル　モノマネうめーな。完成度たけーなオイ。じゃあ焼き鳥でも食べに行きますか。

モブ　軟骨がうめーんだよ軟骨がァ〜〜!!

アル　ここまで読んでくださった皆さん、ありがとうございました。それでは、アリーヴェデルチ！

私が嫌われてもフェミニストを名乗る理由　（2021年5月18日）

「私はフェミニストじゃないけど」と前置きして「でも性差別には反対です」と言う人を見ると「いやそれフェミニストやん？」と思う。

そんな私もかつてはフェミニストを名乗ることに抵抗があった。

一つめの理由としては「フェミニズムを専門的に学んだわけじゃないのに、フェミニストを名乗っていいのかな」と思っていたから。

でも、尊敬する田嶋陽子さんが「私のための、私が生きるためのフェミニズムであって、フェミニズムが先ではないからね」と語っているように、フェミニストって資格とか組合じゃなく生き方なんだな……と理解して、「だったらおらもフェミニスト」と思えるようになった。

それでもまだ抵抗があったのは、フェミニストを名乗ると叩かれたり、ネガティブなレッテル貼りをされることが嫌だったから。

そこから月日が流れ、40代のＪＪ（熟女）は「オッス、おらフェミニスト！」と宣言している。

それはやっぱり、自分がフェミニズムに出会って救われたから。フェミニズムのおかげで奪われた自尊心を取り戻すことができたからだ。

また壮絶なバッシングにも負けず「差別するな！　女にも人権をよこせ！」と闘ってくれた先輩たちのおかげで、今があると思うから。

私たちが進学して就職して選挙に行けるのも彼女らのおかげなのに、素知らぬ顔で「私はフェミニストじゃないけど？」とか言えないな、恩返しするためにバトンをつながないとな、と思った。

それでフェミニストを名乗る覚悟を決めたわけだが、本当はそんな覚悟なんかいらない社会になってほしい。

誤解されがちなので強調しておくが、私は「人は皆フェミニストを名乗るべき」なんて1ミリも思っていない。自分はフェミニストだと思う人が「私はフェミニストです」と気軽に名乗れる社会になればいいな、と願っている。

それは「性差別のない社会にしよう」が共通認識であり、すべての人の人権が尊重される社会だと思うから。

小川たまかさんの記事「韓国のフェミニズムは盛り上がっているのに、なぜ日本は盛り上がってないの？って言われる件」（「ハフポスト」2019年4月4日）には、韓国のフェミニズム事情について次のコメントが載っている。

『（韓国は）日本よりも〝フェミニスト〟のイメージが悪かったと思う。〝どうでもいいことを騒ぎ立てる女〟というレッテル貼りが強くて、フェミニストって言った途端に親が怒る、みたいなところがあった』

『少し前までは、フェミニストといえば一生結婚するつもりのない女性というようなイメージで語られていた（略）けれど今は、10代、20代が率先して「自分はフェミニストである」と声を上げている』

『私はフェミニストだと言うだけで叩かれるのなら、あえて言うようにする。どうせ嫌われるなら言ってやろう。そういう気持ちを持っている人が韓国の10〜20代に多い』

この言葉に「め〜〜〜っちゃわかる!!」と渾身の膝パーカッションをした。

私は「フェミニストを名乗っていいことあるわけ？」とか聞かれたら「………………」とゴルゴのように顔のしわが深まる。

雑誌「エトセトラVOL．4特集：女性運動とバックラッシュ」に詳しく載っているように、戦前のフェミニストたちは逮捕されて拷問されたりしていた。そこから80年たって、令和のフェミニストたちはネットリンチにさらされている。

私のフェミ友たちも悪質な嫌がらせや誹謗中傷を受けており、知名度の低い私ですらクソリプでクソまみれになるのは日常茶飯事だ。あとチン凸《とつ》（ペニスの画像を送りつける嫌がらせ）を受けるのもフェミあるあるだ。

ネット上だけじゃなく日常生活でも、フェミニストを名乗ると色眼鏡で見られて、やたら議論を吹っかけられる。

一方的にレッテル貼りやカテゴライズをされて「フェミニストのくせに〇〇するのか」「フェミニストなのに××しないのか」とかやいやい言われて「うっせえわ!!」とエレキギターとか壊しそうになる。

その大変さを身をもって知っているから、フェミニストを名乗りたくても名乗れない人の気持ちはめ〜〜〜っちゃわかる。だから他人に強要なんて絶対しない。

尊敬する漫画家の楠本まきさん（英国在住）がインタビューで次のように話していた（『線と言葉　楠本まきの仕事』より）。

『最近私が「フェミニストになった」というような悪口っぽいことを言われることがあって、失敬だな、と思うんですけど（笑）。物心ついた時にはフェミニストでしたよね。フェミニストじゃないと思われていたことが心外です。ついでに「フェミニスト」は悪口にならない、という前提にそろそろ立って欲しいですね』

『（イギリスでもフェミニストだって言いにくい雰囲気はあるんですか？　と聞かれて）いや全然ないですよ。「私はフェミニストじゃない」って言う方が勇気がいるんじゃないでしょうか。びっくりされると思いますね。「それはどうして？」って』

これを読んで「おらはなぜ英国に生まれなかったのか……来世にワンチャン」と涙した。

ヘルジャパン生まれの私が現世でできることは「オッス、おらフェミニスト！」と宣言して、こつこつとコラムを書くことだ。

そのコラムを読んだ女性たちから「私もフェミニストとして生きていくと決めました」と嬉しい言葉をいただき、冥途の土産にしようと合掌している。なんでも冥途の土産にしたがるのもＪＪあるあるだ。

海外ではテイラー・スウィフトやエマ・ワトソンやアリアナ・グランデやレディー・ガガなど、多くの有名人が自分はフェミニストだと公言している。

テイラー・スウィフトは仲のいい女友達からフェミニズムの意味を教わったことで「私は自分で主張したことはなかったけれど、実はずっとフェミニストだったんだと気づいた」と語っている。

そんな彼女が自身のセクハラ被害裁判をきっかけに「口に貼っていたテープを剝がす時がきた」「グッドガールをやめよう」と決意する経緯を描いたドキュメンタリー「ミス・アメリカーナ」をぜひ見てほしい。

ちなみに私は「ミス・アメリカーナの話をするたびに泣く人」という異名を持つＪＪだ。

また、米国のドキュメンタリー「ミス・レプリゼンテーション　女性差別とメディアの責任」にはこんな言葉が出てくる。

「見えないものには、なれない」「お手本がないと、女の子はそれを目指せません」

テイラーやアリアナやガガのような憧れのスターがフェミニストを名乗ることによって、勇気づけられる少女は多いだろう。ヘルジャパンの熟女も大いにエンパワメントされている。

自身の影響力を自覚して、それを正しい方向に使おうとする彼女らの姿に私もふんどしを締め直した。この「ふんどしを締め直す」も男性由来のワードっぽいので「アナルを引き締める」を使っていきたい。

緊褌《きんこん》一番じゃなく緊穴一番で続けると、「フェミニストってモテないブスのババアだろ」というテンプレの悪口に「エマ・ワトソンもフェミニストだけど？」と世界中の女性が返しているんじゃないか。

私もエマ・ワトソン返しを使っていたが、これもルッキズムに加担している気がするので「お前の話はつまらん!!」と大滝秀治のものまねで返したい。言葉の意味がわからない人は周りの中年に聞いてほしい。

もしくは「フェミニストって……何かね」と菅原文太のものまねをして、カボチャで頭をかち割りたい。

エマ・ワトソンは「女性がフェミニズムという言葉を使うのに怯えていたら、一体どうやって男性も使い始めるようになるのでしょうか？」と語り、ジェンダー平等の実現のために、男性にもフェミニズムに参加してほしいと呼びかけている。

ちなみに私は「エマ・ワトソンの国連スピーチの話をするたびに感極まる人」という異名も持つ。

「エマ・ワトソンが国連スピーチで語ったこと。『なぜ、フェミニズムは不快な言葉になってしまったのでしょうか？』」（「BuzzFeed News」２０１７年10月６日）。こちらの記事にエマ・ワトソンが２０１４年に国連本部で行ったスピーチの全文が載っているので、ぜひ読んでみてほしい。その中から一部を引用する。

『私がこれまで見てきたことを、この与えられた機会に発言することが使命だと思います。イギリスの政治家、エドマンド・バークはこう言いました。「悪が勝利するために必要なたった一つのことは、善良な男性と女性が何もしないことである」。

このスピーチをするにあたって、不安や迷いが湧き上がったとき、自分自身に堅く言い聞かせました。

私でなければ、誰がやるの？　今やらなければ、いつ？

もしみなさんも、機会を与えられて自分を疑うような場面に出合ったら、この言葉が役に立てばと思います。

なぜなら現実として、私たちが今もし何もしなければ、女性が男性と同量の仕事をして同じ賃金をもらうのに、75年もかかるのです。私は100歳になってしまいます。

1550万人もの女子は、これからの16年で子どもの間に結婚させられます。そして、現状だと、アフリカの農村部のすべての女子は中等教育を受けるようになるには2086年までかかってしまうのです。

もしみなさんが平等を信じているならば、みなさんは、先ほど話した無意識のフェミニストなのかもしれません。

そんなみなさんを賞賛します』（訳：山光瑛美）

私はエマ・ワトソンのお母さんみたいな年だが「ワトソン先輩、ついていきます!!」と思った。

日本にも尊敬するフェミニストの先輩がいっぱいいる。お互いに励まし合って支え合うフェミ友もいっぱいいる。

フェミニストを名乗ることで、多くの素晴らしい女性たちとつながることができた。シスターフッドの強さや優しさを知ることができた。20代の頃はフェミニズムの話ができる友達がいなかったけど、今は最高のフェミ友がいっぱいいて孤独ではなくなった。

だからやっぱり私はフェミニズムに感謝しているし、「オッス、おらフェミニスト!」と胸を張って生きたいと思う。

俺の股間と黄金のような夢の話（2021年7月18日）

ここ2カ月ほどは闘いの日々だった。

まず初めに、脇の下にできものができた。そのうち治るだろうと放置していたら、どんどん腫れて人面瘡みたくなってきた。

脇を締めると痛いので、腰に手をおいてデューク更家のように歩いていた。デューク更家、なつい。「なつい」は若い子に教えてもらって最近覚えた。

人面瘡に市販の塗り薬を塗ったものの、いつまでたっても治らない。いっそ名前をつけるかと思って「魑魅魍魎太郎《ちみもうりょうたろう》」と命名した（字面がかっこいいから）。魑魅魍魎太郎に「早く治ってくれよな」と語りかけるうちに、じょじょに痛みが引いてきた。「意思の疎通ができてる……？　トゥンク」とうっかりスピに目覚めそうになったが、今度は猛烈なかゆみに襲われた。

おまけになんと、右の股（鼠蹊部）に第2の人面瘡が現れた。

こちらは獅子奮迅《ししふんじん》二郎と命名して、語りかけるうちに痛みは引いてきたが、またもや猛烈なかゆみに襲われた。脇と股がかゆい状態は、とてもつらい。三国志の霊帝も体がかゆかったんじゃないか。

さっさと皮膚科に行けという話だが、数年前、左の股に人面瘡ができた時に皮膚科に行き、M字開脚で切開されながらオイオイ泣いた記憶がトラウマになっていた。あんな痛い思いをするのはもう嫌だ。でも脇と股がかゆくてもう限界。

というわけで皮膚科に行き、お医者さんに人面瘡に名前をつけた話をしたら爆笑された。

「じゃあ手術してとったら寂しいんちゃう?」と聞かれたので「いえ平和にお別れしたいです!」とハキハキ答えた。

二つの人面瘡は治りかけでかゆい状態なので、手術はせず塗り薬でかゆみを抑えることになった。その薬を塗ったところ、3日でかゆみがおさまった。

早く皮膚科に行けばよかった。完。

こうして俺と人面瘡との闘いは幕を閉じた。本人以外どうでもいい話を707文字も書いて申し訳ない。

しかし股間のかゆみは人類共通の悩みじゃないか。

夏は股間が蒸れてかゆくなる。冬は小陰唇が乾燥してかゆくなる。春秋もなんだかんだでかゆくなる。

イエベ春やブルベ冬といった派閥があるが、春夏秋冬股がかゆい点で女は連帯できるんじゃないか。

そして、女が脱毛するのは男のためじゃなく自分のためだ。少なくとも私はそうだった。

「パイパンにして股間のかゆみを軽減したい」

そんな黄金のような夢を抱いてＶＩＯ脱毛を受けたら、げっさ痛くて死ぬかと思った。私は皮膚科で医療レーザー脱毛を受けたのだが、焼きごてを押しつけられるような痛みだった。

一方、女友達は「私は全然平気で眉ひとつ動かさなかったよ」と話していた。つまり俺は痛みにとても弱いのだ。

Ｍ字開脚で泣きながら、皮膚科のお姉さんに「小陰唇、燃えてませんか？」と聞いたら「燃えてませんよ」とにっこり微笑まれた。

そして「次回からは事前に麻酔クリームを塗ってきてください。ラップを巻くと浸透しますよ」と言われたので、自宅で股間に麻酔クリームを塗りこんで、サランラップを巻きつけた。

そんな透明のふんどし姿で仁王立ちしながら、夫に「なあこれどう思う？」と聞くと「きみは何をしてるんだ？」と聞き返された。

私も自分が何をしているかわからないポルナレフ状態だったが、5回ほど脱毛に通ったところ、夢のパイパンに近づいた。

そのまま通い続ければよかったが、根性がないので続かなかった。そして数年後、アスファルトに咲く花のようなド根性で陰毛が復活しだした。

「僕の恥丘を守ってと頼んだ覚えはないぞ」とボヤきながら、今も股間のかゆみと闘っている。

俺の夢が叶う日は来るのだろうか……（未完）。

股間の話でだいぶ尺をとったが、本当は生理の話をしたかったのだ。

私は40歳の時に子宮筋腫の根治のために子宮全摘手術を受けた。そのおかげで股間のストレスは大幅に軽減された。

手術前は過多月経で月の半分以上は股から出血していたため、ナプキンが蒸れて最悪だった。そんな状態だと旅行や出張や運動もできなかった。

また当時は貧血がひどくて鉄剤を飲んでいたが、その副作用でうんこが硬くなった。鋼のうんこを錬成しながら「このままでは肛門が裂けてしまう……僕のアナルを守って!!」と神に祈る日々だった。

そんなわけで子宮を断捨離したことで、人生の幸福度が爆上りした。その経緯は『離婚しそうな私が結婚を続けている29の理由』に綴っているので、よろしくどうぞ。

生理に苦しんだ一員として、「生理の貧困」問題が注目され始めてよかったと思う。

「生理用品を買うのに苦労した学生が2割もいる」という調査が話題になり、国会でも取り上げられた。それは大きな一歩だが、その場限りの支援では全然足りない。

フランスやニュージーランドは学校での生理用品の無料提供を決定して、イギリスやスコットランドは自治体に無料提供を義務づけている。

生理の貧困は経済的な問題だけではない。親のネグレクトによって生理用品を買ってもらえない少女や、親の理解不足によって婦人科を受診できない少女もいる。

そもそも10代の少女にとって婦人科はハードルが高い。学生は親に保険証を借りなきゃいけない場合もある。

また日本では「生理は我慢するもの」という価値観が根強く、子宮内膜症などの病気が見過ごされるケースも多い。

一方、ヨーロッパには若者のためのユースクリニックが多数存在して、生理や性の相談を気軽にできる場所がある。そこでピルやアフターピルなどを無料、または安価でもらえたりもする。

これは素人の思いつきだが、献血ルームの隣にユースクリニックを作ったらどうだろう。献血に行くと飴ちゃんやジュースをもらえるけど、Ａｍａｚｏｎギフトカード５００円分とかをプレゼントしてはどうか。

もし私が中高生だったら絶対行く。そこで「生理や性のこと何でも相談してね」という部屋が隣にあったら、ちょっと覗いてみよかいなと思うだろう。

そういうアクセスしやすい工夫をして、日本中にユースクリニックを作ってほしい。

それがパイパン以上に叶えたい俺の夢である。

また、働く女性のために生理休暇を取りやすくしてほしい。

現在、生理休暇の取得率は1％以下だそうだ。しかも取得すると無給になってしまう企業が7割以上だという。

そりゃ給料が減るとなったら休めないだろう。有給で生理給暇を取れるように法律で定めるべきじゃないか。

また「生理休暇を取りたい」と上司に言いづらい問題もあるようだ。

私も会社員時代、後輩女子がつらそうだったので声をかけると「毎月、生理痛がひどくて」と今にも倒れそうな様子だった。

そこで「じゃあ私が上司に伝えるから、来月から生理休暇取りなよ」という話になり、それを40代の男性上司に伝えたところ「俺はそういうこと聞くのは恥ずかしい」と言われた。

「なに言うとんねん、下ネタちゃうぞ！」とグレッチでぶちのめそうかと思ったが、幸いその後輩は生理休暇を取れることになった。

上司がこんなトンチキだったら、言いづらいに決まっている。だから男女共に性教育が必要なのだ。生理は下ネタでもなければ恥ずかしいものでもない、と正しい性知識を教えるべきだ。

女子校育ちの私は「生理がつらい」「ナプキン持ってる？」と学校で普通に話していた。そこから共学の大学に進んで、同級生の女子に「お座布団持ってる？」と聞かれて「座布団!?」と面食らった。

「いやー座布団は持ってないなあ」と返すと「もういい」とため息をつかれたが、あれは本当に悪いことをした。と反省しているけれど、生理やナプキンを隠語にしないことが大事だと思う。

被災地の避難所でナプキンが1枚しか支給されなかったり、おじさんに「そんなもの人に見せるな」と言われた、といった話を聞く。

生理に対する無理解、「生理は隠すべきもの」という呪いが女性を苦しめている。

海外では男性が妻や恋人の使っている生理用品を把握して、スーパーで買ってくることがまったく珍しくないそうだ。

日本も「トイレットペーパー買ってきて」と言うように「ナプキン買ってきて」と

言える国になってほしい。

ちなみに私は夫に「タンポン買ってきて。レギュラーちゃうで、スーパーやで」と頼んでいた。


ヘルジャパンには「コンビニのエロ本を規制するなら、生理用品も置くな」とか抜かすクソバカ野郎がいる。

また「生理って男で言うと射精だよね」とか言われると、グレッチで金玉を300ヤードかっ飛ばしたくなる。

射精は快楽をともない、生理は苦痛をともなうものだ。どうしても喩えたければ「毎月、尿道結石になる」がおすすめだ。

また「男も性欲に振り回されてつらい」となぜか張り合う男がいるが、性欲は女だってある。そういうトンチキな比べ方をするのは「生理なんて大したことない」と軽視しているからだろう。

最近、周りの女性陣から「不妊治療で休みたい、というのは以前よりも言いやすくなった」と聞く。

ひと昔前は「子どもの作り方教えてやろうか？　ゲッヘッヘ」みたいなおじさんがいたが、不妊治療に対する理解が広まったことで、社会全体のアップデートが進んだのだろう。

生理の問題もどんどん狼煙《のろし》を上げて、アップデートを目指したい。

女性が初潮を迎えてから閉経するまでの期間は、平均で35〜40年だそうだ。日本人女性は50歳ぐらいで閉経する人が多いという。

閉経した50代の友人は「生理のない生活、ストレスフリーだわ〜」と喜んでいて、私も「わかる！」と膝パーカッションしている。

私は鼻くそをほじってティッシュがないと「食っちまうか」と思うぐらい、面倒くさがりな人間だ。そんな私にとって生理は死ぬほどウザくて面倒で、さっさと卒業したかった。

最近は「生理は我慢するもの」という価値観が変わってきて、ピルや「ミレーナ」によって生理のストレスから解放される女子が増えている。さらに多様な選択肢にアクセスしやすくなってほしい。

私は子宮を取った後、残ったタンポンの在庫をどうしようか？　と考えた。窓の隙間につめて結露をとるか……と考えながら、ふとタンポンを鼻に入れてみようと思いついた。

それでグイッと押し込んだら、鼻の穴が裂けそうになった。膣《ちつ》と違って伸縮性がないので鼻からスイカは絶対出ない。

そんな気づきを得ながら、タンポンの紐がぶら下がった状態でにっこり笑って自撮りした。その写真を遺影にしてもいいかもしれない。

遺影になるのはまだ先っぽいので、中年以降も女友達と愉快に過ごしたい。誰かが閉経するたびに卒業パーティーするのもいいな……とささやかな夢を抱いている。

ＪＪはなぜＤａｉＧｏ化せずにすんだのか？（２０２１年９月１日）

同世代のＪＪ（熟女）とＬＩＮＥしていたら「やったー、マンモスうれピー！」と返ってきた。

副詞にマンモスを使う人をひさびさに見た。

懐かしくて「のりピー語」でググったところ、マンモスの対義語は「ありんこ」だという知見を得た。

昨今のマンモス激おこ案件といえば、メンタリストＤａｉＧｏの発言である（※自身のＹｏｕＴｕｂｅチャンネルで、「ホームレスの命はどうでもいい」などと発言し炎上した）。彼の発言に対して「差別やヘイトも一つの意見だ」と擁護する声もあったが、「こんなもん許していいわけないだろ！」と大多数の人が批判したことで、ＤａｉＧｏは態度を一変させて撤回謝罪するに至った。

この流れには、小さな希望も感じた。

差別を滅ぼすために必要なのは、社会全体が明確にノーを突きつけること。大多数の善良な人々の声が、ヘイトの暴走を止めるのだ。

「生活保護の人が生きてても別に僕得しないけどさ、猫は生きてれば僕得なんで」
「自分にとって必要のない命は軽いんで、ホームレスの命はどうでもいい」
「犯罪者殺すのだって同じですよ」
「邪魔だしさ、プラスになんないしさ、臭いしさ、治安悪くなるしさ、いない方がいいじゃん」

これらの発言はもちろん許せないし、口からウミウシを産みそうになる。でも私はそれ以上に「恥ずい……」と感じた。

34歳の大人とは思えない、この幼稚さとイキり感。

通訳の友人が「トランプ元大統領の英語って小学生レベルなんですよ。あのわかりやすさが支持者の心をつかむんでしょうね」と話していたが、ＤａｉＧｏも２００万人以上のフォロワーを集めている。

わかりやすい単純な言葉は、大衆の心をつかむ。
「貧困は自己責任」のひと言ですませて思考停止する方が、貧困を生み出す社会構造を学んで考えるよりもずっと楽だ。

弱い立場の人を叩いて優越感に浸ることは、手っ取り早いストレス発散になる。
ヘイトをばらまく著名人や政治家はマンモス法螺貝を持っていて、その大きな声が人々を煽って扇動するリスクが高い。

我はありんこ法螺貝しか持たない野良作家だが、それでも言い続けたい。我々の社会は差別やヘイトを許さないと。

差別やヘイトに対抗するには、教育が大切だ。
「すべての人間にはオギャーと生まれた瞬間から人権がある、差別されない権利がある」という当たり前すぎる教育を、日本はあまりにもしてこなかったんじゃないか。

スウェーデン在住の友人いわく、スウェーデンでは保育園から人権教育やジェンダー教育を徹底するという。

世間やメディアに刷り込まれる前に、真っ白な状態で教えることによって、子どもたちは偏見や差別意識のない大人に育つ。

また、スウェーデンでは差別的な発言や投稿をすると処罰されるそうだ。個人のモラルだけに頼るんじゃなく、ちゃんと罰則を作っている。

一方、日本では政治家が堂々と差別発言をして辞任もしない。

その友人に「政治が腐り切っとる、ほんまギロチンにかけたろか」と言ったら「ギロチン組み立てたろかと思うよね！」と返ってきて「ギロチンまでＤＩＹするんだ、さすがＩＫＥＡの国の人」と感心した。

私はあの象形文字の壁画みたいな説明書を見ながら、いつも途方に暮れている。でも組み立て代行サービスを頼むと結局割高になっちゃって……。

なんの話をしてたんやっけ（ＪＪ仕草）。

また、スウェーデンでは子どもに民主主義を根本から教えるそうだ。

「スウェーデンでは政治を批判するのは国民の義務だし、良いことだとされているよ」という友人の言葉に、来世はスウェーデンに転生して長靴に住もうと思った。

ここで驚くべき事実を知った。私は『長くつ下のピッピ』は長靴に住む妖精の話だと思っていたが、長い靴下を履く少女の話なんだそうだ。

いくつになっても人生は発見の連続、しゃかりきコロンブスである。なんの話をしてたんやっけ。

日本では政治批判すると「反日」「パヨク」「共産党のスパイ」と呼ばれたり、「芸能人が政治を語るな」「ろくにわかってないくせに」と叩かれたりする。

芸能人が政治を語るなと言われたら、会社員も学生も主婦も誰も語れない。

国民が意見を言ってそれを反映するのが民主主義なのに、わかってないのはそっちだろ！　と尻からアナコンダを産みそうになる。

こうして政治家たちは都合のいい国民を育ててきたのだ。

国民が「本人の努力不足」と自己責任教に洗脳されていたら、政治は批判されずにすむ。

「文句を言うのはワガママ」「黙ってお上に従え」と奴隷教育されていたら、権力者はやりたい放題できるだろう。

20年前に小泉政権が発足した頃から「自己責任」という言葉をやたらと聞くようになった。同時に国民の経済格差がどんどん開いていった。

30歳の女友達が「大学の授業でホームレス問題を取り上げた時、『ホームレスは自己責任だと思う』と9割の子が答えてました」と話していた。

その子たちもオギャーと生まれた瞬間から「ホームレスは自己責任」と思っていたわけじゃないだろう。

まともな人権教育を受ける機会がなかったことは、子どもたちの責任ではない。

私は10代を山の上の女子校で過ごした。

そこは明治にアメリカ人の女性宣教師が作ったキリスト教の学校で、「あなたの隣り人を愛せよ」が基本理念だった。

毎日の礼拝や授業で差別や人権について学んだし、ボランティア活動もさかんだった。そんな環境で育った私は「差別は絶対にあかん」「世の中、助け合いが基本やで」とごく自然に思うようになった。大人になって、そういう教育を受けられた自分はラッキーだったと気づいた。

学校ガチャに左右されず、すべての子どもが差別や人権について学べるように、義務教育で教えるべきだ。

でも義務教育を変えるには政治を変えなきゃいけなくて、奴隷教育のせいで国民は政治に興味がなくて、ほんまにどうしたらええんやろか……ヤン・ウェンリー転生してきてくれないかな……。

ヤンに会いたい……(泣いてる)。

涙を拭いて、ＤａｉＧｏのことを考えよう。

彼は大金を稼げる自分を成功者だと思い、自信過剰になってイキっているのだろう。金を稼ぐことが人間の価値だと信じているため、「金を稼げない、役に立たない人間はいない方がいい」と思っている。

「人がゴミのようだ」とガチで言っちゃうぐらいの中二病、と言うと中2の皆さんに失礼なぐらいの幼稚さだ。

かつ、彼の発言からはウィークネスフォビア（弱さ嫌悪）を感じる。

彼は「子どもの頃にいじめられていたが、いじめっ子に反撃したら周囲の態度が変わった」とよく話している。

いじめやハラスメントに反撃できる人ばかりじゃないし、「もっとひどい目に遭うんじゃないか」と不安になって当然だ。

ＤａｉＧｏはキレて壁にナタを投げつけたらしいが、相手に怪我させてしまったら自分が加害者になる。

いじめやハラスメントの被害者に必要なのは、周囲のサポートだ。

周りが見て見ぬふりをしないこと、「一人で抱え込まず相談してね」「助けを求めてね」としっかり伝えることが大切なのだ。

子ども時代のＤａｉＧｏに助けてくれる人がいなかったのなら、可哀想に思う。周りの大人がいじめを止めるべきだった。子どもを守るという大人の責任を果たすべきだった。

でもDaiGoは「俺は可哀想な被害者じゃない、そんな弱い奴らと一緒にするな！」と言うんじゃないか、知らんけど。

彼の本心は知らんので、これは私の勝手な想像である。

「自分は可哀想な被害者じゃない、そんな弱い奴らと一緒にするな」というのがウィークネスフォビアである。

ウィークネスフォビアをこじらせると「やられっぱなしの弱い奴が許せない」と弱者を叩く側になる。

『フェミニズムに出会って長生きしたくなった。』に書いたが、うちの父は有害な男らしさをじっくりコトコト煮詰めたようなおっさんだった。

彼は「弱いからいじめられるんだ、強くなってやり返せ！」と息子を殴って「俺は我が子を谷底に落とす獅子だ」とイキっていた。

そして事業に失敗してすべてを失って、最後は誰にも助けを求められず飛び降り自殺エンドとなった。

私がトランプを見ると吐きそうになるのは、父に似ているからだと思う。

トランプは議会襲撃前の集会で「強さを見せるんだ！　強くならなければならない！　弱さでは私たちの国を取り戻すことはできない！」と演説して支持者を煽った。議事堂の廊下には、暴徒がおしっこやうんこをした形跡があったという。そんなの小学生でもやらないだろう。

私もおしっこやうんことコラムに書くけど、人前でするのは無理だし、国会の廊下でするとか絶対無理……みたいな話はどうでもよくて。

「この世は弱肉強食だ、勝つか負けるかだ」「負ける奴はバカで弱いから悪いんだ」と人を見下す人間を見ると、幼稚すぎてめまいがする。

同時に「恥ずい……」と赤面するのは、私にも恥ずかしい過去があるからだ。

私は毒親から逃げるために18歳で家を出た。そしてバイト漬けで学費や生活費を稼ぎながら、国立大学に通っていた。

当時は親のお金で留学したり教習所や語学スクールに通う同級生に対して、ねたみ・うらみ・つらみ・そねみでガールズバンドを組める状態だった。

そんな自分がみじめで劣等感の塊だったからこそ、他人を見下すようになった。

「苦労知らずの甘ちゃんめ」と周りをバカにして「こんなに苦労してがんばってる俺ってスゲー！」と選民意識をこじらせて「努力してない奴を許せない」と考えるようになっていた。

そんなふうに考えないと、やってられなかったのだ。そのせいで大学時代はあまり友達ができなかった。

当時はハタチそこそこの娘さんだったし、しかたないよな〜と思う。でもやっぱり思い出すと恥ずかしい。

大人になって視野が広がって、その考えが間違っていることに気づいた。

私は親ガチャはハズレだったけど、私立の中高に通えて、国立大学に入学できて、バイトで稼げたことはラッキーだった。

努力したくてもできない環境にいる人、スタート地点に立てない人もいるのだから。

そう思えるようになったのは、20代前半でフェミニズムに出会ったことも大きい。

フェミニズムは弱い立場の人が弱いままで尊重されることを求める思想だ。強者になりたい人はなればいいけど、無理に強者を目指さなくていいし、強者だからといって弱者を差別してはいけない。

どんな立場や属性の人も尊重される社会を目指すのがフェミニズム。みたいなことを全部、フェミニストの先輩たちの本から学んだ。

新卒で広告会社に入社したことも大きかったと思う。

その会社の正社員は高学歴エリートばかりで、カースト上位の1軍男子みたいなタイプが目立っていて、朝から晩までコスパコスパ言うてる彼らのイキりちらかしたエリート意識やオラついたホモソノリが……と悪口が止まらないが、要するに私は彼らが嫌いだった。

彼らはナチュラルに人を見下して、特に女を見下していた。男社会の優等生として生きてきて、ミソジニー（女性蔑視）が染みついていたのだろう。

傲慢で尊大な彼らと働くことで「こんな人間にだけはなりたくない」とＤａｉＧｏ化せずにすんだので、今では感謝しているなんてことは全然なくて、今でもひたむきに嫌っている。

同質性の高い集団内では、強者は自分が強者だと思わずに生きている。そして強者であればあるほど自分の特権に気づきにくい。

社会が大きな教室だとすると、エリートは一番前の席に座っている人たちだ。後ろの席の人からは黒板が見えづらいし、授業の声も聞こえづらい。

一番前の席で後ろを振り返ったことのない人には、それがわからない。

弱い立場の人やマイノリティの存在が見えないから「本人の努力不足、自己責任」と言って、社会の構造を変えようとは思わない。

たとえば、東大生の親の半数以上が年収950万円以上だ。親の経済格差が教育格差につながり、進学という選択肢すらない人もいる。

塾や習い事をする余裕などなく、家計を支えるためにバイトする子どももいる。日本は7人に1人の子どもが貧困状態にあり、先進国で最低レベルだ。

それを知識として知っていても、リアルで見たことがないため、存在が「ないもの」にされてしまう。

「俺だって必死で努力してここまで来たんだ！」と本人は主張するが、そもそもスタート地点に立てない人が見えていない。

そんな人ばかりが組織の中心にいたら、価値観が偏るのは当然だろう。よって同質性の高いメンバーから、多様性のあるメンバーに変える必要がある。

また偏った価値観を学び落とすため、大人にも人権教育やジェンダー教育が必要だろう。

私は入社6年目で会社を辞めてよかった。ずっとあの場所にいたら、新自由主義の肥溜めみたいな男社会に染まって女王蜂になっていたかもしれない。そんなのマンモスおそろピー。

退職後、私は「いずれ文明は破綻して紙幣は紙くずになるぞ」と真顔で言うオタク男性と結婚した。夫は弱い立場の人に優しいし、誰かが困っている時に見て見ぬふりをしない。

要するに、私はそういう人間が好きなのだ。お金はあんまりないけど、気の合う相棒や仲間たちがいてマンモスハッピーである。

「俺も金持ちになりてえ」とＤａｉＧｏに憧れる子どももいるだろう。

でも人を見下して差別してハッピーなことは何もない。人生がどんどん貧しくなるだけだ。

傲慢で尊大な人は嫌われるので、まともな人は離れていくし、お金目当ての人しか寄ってこない。

お金目当ての人は「こいつと関わると損だな」と判断すると切り捨てる。それこそ脱税や不正がバレて財産をボッシュートされたら、何も残らないのだ。

人を尊重しない人間は、人から尊重されない。スタンド使いは引き合う法則と同じで、優しい人には優しい人が寄ってくる。

だから自己責任論や弱さ嫌悪を「ブッ壊すほど……シュートッ！」とゴミ箱に捨ててほしいなと、このＪＪは思うのだ。

このＪＪには『夢』がある！

それはすべての人が尊重される、安心して暮らせる社会にすることだ。

そのために「アルテイシアは死んでも法螺貝を離しませんでした」の心意気で、長生きしたいと思う。

ミナミさんがこのコラムを読んでくれるといいな（2021年9月18日）

去年の夏、今さらながら「HiGH&LOW」シリーズにハマった。

我はちっちゃな頃から夢女子で、15で夢小説を書き始めたが、生身の芸能人にハマったことはなかった。

つまりナマモノには目もくれず、2次元ひと筋で生きてきたのだ。

ところがハイローのとある登場人物を見た瞬間、眉間から稲妻が飛び出した。

「好き……………」

そこからEXILE TRIBEの動画やライブDVDを見まくった。

JJ（熟女）は動体視力が衰えるお年頃。そのため踊っているメンバーを個体識別できないが、彼とメンディーさんだけはすぐわかる（メンディーさんは大きいから）。

彼が画面に映った瞬間「好き……………」と汗びっしょりになる。

大量発汗しながら、我は沈思黙考した。

ハイローシリーズは登場人物がむっさ多いし、魅力的なキャラは他にもたくさんいるし、彼は主要キャラというわけではない。

なのになぜ私は彼を好きになったんだろう？

その時、ふたたび眉間から稲妻が飛び出した。


「ミナミさんに似てるんだ……！」


ミナミさん（仮名）は、私が小学生の時に好きだった女の子である。

大げさじゃなく、私はミナミさんに出会って人生変わった。

幼い頃の私は人間が苦手で、いつも猫や木に話しかけていた。

人と会話するのが苦痛だったため、幼稚園ではいつもひとりで空想したり絵本を読んだりしていた。

おまけに天下一の運動音痴だったため、体を動かすのも苦手だった。

小学校に入学した後も、休み時間にドッジボールやドロケイをするのが苦痛で、いつもひとりで空想したり本を読んだりしていた。

つまりコミュ障でぼっちの陰キャだったのである。

そんなわけで、男子によくいじめられた。その時にかばってくれたのがミナミさんだった。ミナミさんとは小2の時にたまたま近くの席になり、会話するようになった。ミナミさんは活発で運動神経抜群で、いつもショートカットにズボンのボーイッシュな人物だった。

おまけに腕っぷしが強かった。

ミナミさんは「オトコオンナ!」とからかってくる男子を拳でぶちのめしていた。ついでに私をいじめる男子のこともぶちのめしてくれた。

ミナミさんと仲良くなったおかげで、他の子たちとも仲良くなれて、気づくと私は陽気なおしゃべり少女になっていた。

子どもってスゲー。

もちろん陽気なことばかりじゃなく、うちは毒親家庭だったので、少女時代は戦場のガールズライフであった。

そんな中で、ミナミさんと過ごす時間だけが救いだった。

「あたしたち、腹心の友よ！」と誓い合ったわけじゃないけど、私たちはいつも一緒だった。


私が生まれた下町には輝く湖水も恋人の小径もなかったし、地元のイケてるスポットはダイエーとドムドムだったけど、ミナミさんといれば楽しかった。

公園でホッピングをしたり、神社でコックリさんをしたりと、昭和の子どもらしい日々を送っていた。

ミナミさんは団地に住む鍵っ子で、ミナミさんの家でもよく遊んだ。二人ともあだち充の漫画が好きで、『タッチ』や『陽あたり良好！』を夢中になって読んでいた。

一度だけ、うちにお泊まりしたこともある。私には双子の弟がいて、３人で花火をした。

へび花火をしながら「うんこや！」と叫んだことを覚えている。私は45歳になっても道にうんこが落ちていると「うんこや！」と叫ぶ。そうすることで、うんこを踏まないように注意喚起できるのだ。

なんの話をしてたんやっけ（ＪＪ仕草）。

そうそう、ヒロちゃん（仮名）という友達の家でもよく遊んだ。

ヒロちゃんの家で「銀河鉄道９９９」のビデオを繰り返し見て、私はキャプテン・ハーロックとクイーン・エメラルダスの夢女子になった。

あの時に「傷＝かっこいい」と刷り込まれたため、40歳の時に子宮全摘手術をした時も腹の傷がかっこよくて誇らしかった。

そんなある日、ヒロちゃんが犬を飼い始めた。

うちの親は動物嫌いでペットを飼えなかったため、私はヒロちゃんの犬に会うのをものすごく楽しみにしていた。

でもミナミさんはヒロちゃんの家に行きたくないと拒んだ。

「犬が怖いの？　オバＱみたいに」と聞いたら「昔飼ってた犬を思い出すから」と言って、ミナミさんが泣きだした。

ミナミさんの涙を初めて見た私はびっくりして、何も言えなかった。今だったらもっとうまく寄り添えたのになと思う。

ミナミさんのおかげで友達ができたけど、私はあいかわらずひとりで本を読むのも好きだった。

うちの母親は子どもに本を買うより自分のブランド物を買いたい人だったので、実家に本棚はなかったし、絵本を読み聞かせてもらった記憶もない。

子ども時代の私はいつも図書館で本を借りてモリモリ読んでいた。

なので「子どもに本を読み聞かせなきゃ」とプレッシャーを感じている子育て中の友人に「大丈夫や、好きな子は勝手に読む（※個人の体験です）」と伝えている。

そのうち私は自分でも小説を書くようになった。

その時に書いたのは、ミナミさんと私が泥棒コンビとして活躍する小説だった。

幼少期の私は泥棒か探偵になるのが夢だったが、それで生計を立てるのは難しそうだと気づいて、ミステリー作家になろうと思いついた。

私の小学校の卒アルには「将来はアガサ・クリスティみたいな作家になる」と書いてある。

アガサ・クリスティには1ミリもかすってないが、一応作家にはなった。ちなみにうちの夫の卒アルには「大きくなったら恐竜になりたい」と書いてある。夫に「恐竜になりたかったんだね」とほっこり言ったら「今でもなりたい」とまっすぐな目で返された。

ミナミさんはたしか陸上選手になりたいと言ってた気がする。

ミナミさんは足が速くて、いつもリレーの選手に選ばれていた。私は走っているミナミさんを見るのが大好きだった。

あれは恋よりもっと大きな感情だったと思う。私が「恋愛より友情の方が尊い」と思うようになった原点はミナミさんかもしれない。

でもミナミさんとはずっと一緒にいられなかった。

小4になると中学受験のために塾に毎日通わされて、友達と遊べなくなった。親が選んだスパルタ塾では、点数が悪いと一列に並ばされてビンタされた。少女の私を殴ったおっさんがまだ生きていたら絶対に息の根を止めてやる。

当時の私はずっと「死にたい」と思っていた。学校でミナミさんに会えることだけが救いだった。

それなのに、中学生になると連絡をとらなくなった。

ミナミさんは地元の公立中学に、私は私立の女子校に進んで、当時はパソコンも携帯もない時代で、私たちは自然と疎遠になってしまった。

子どもだった私には、ミナミさんの存在がどれだけ貴重だったかわからなかったのだ。

あの人に出会えたことがどれだけ幸運なことだったか、大人になってから気づいた。私はミナミさんのおかげで、人間を信じられるようになった。ミナミさんが私を好きになってくれたから、自分は生きていていいんだと思えた。

毒親育ちは親に突然キレられたり怒鳴られたりするため、人間が怖くなる。一番身近にいる親が信頼できないため、人を信頼できなくなる。

戦場のような家庭で育って人に心を開けないから、人づきあいを避けるようになったり、表面的なつきあいしかできなくなったりする。

また、親から無条件に愛される経験をしていないと「自分はこの世界に生きていていいんだ」と思えない。

かつ、人の好意がわからなくなる。

自分を好きになってくれる人が現れても「何か裏があるんじゃないか、利用するつもりじゃないか」と疑ってしまったりする。

あるいは「自分は特別に何かしないと好かれない」と過剰に尽くしてしまったり、相手に嫌われるのが怖くて無理に合わせてしまったりして、対等な人間関係を築けなくなる。

以上は毒親育ちあるあるだが、もちろん毒親育ちもいろいろだ。

いろいろだけど「みんなちがって、みんなつらい」が現実であり、それぞれが親の呪いに苦しめられる。

その呪いを解くカギが「信頼できる人に出会うこと」「そのまんまの自分を好きになってもらうこと」なのだと思う。

私にとってはそれがミナミさんだった。

ミナミさんは裏表のない、損得のない、そのまんまの人だった。そしてなぜかコミュ障でぼっちの陰キャの私を好きになってくれた。

「なんで私を好きになってくれたの？」「なんで仲良くしてくれたの？」と聞きたいけど、ミナミさんは「は？　そんなん知らんわ」と答えるだろう。

ミナミさんが原点だったせいか、その後も私が仲良くなるのはさらっとサラサーティ系の女子だった。

性別問わず、裏表のある人や意地悪な人はいる。中高時代もそんな女子はいたし、思春期まっさかりなのでケンカや対立もあった。

それでも私は女子校が好きだった。水泳の時間にプールでキン肉バスターをかけ合うのが楽しかった。男のいない女子校は男社会からの避難所であり、私にとっては毒親からの避難所でもあった。45歳の中年女性がプールでキン肉バスターをかけられたら死んでしまうんじゃないか。

そんなJJになった今でも女子といる時が一番楽しい。女友達といる時の自分が一番自然体で好きだなと思う。

そして女子に対する仲間意識が強い。我ながらだいぶ強い。この強さはMUGENの皆さんにも負けない気がする。

そんなわけで「女の敵は女？　そんなバナナ　わけわかめ　黙れバカめ♪」とラップしながら、バイクで暴走行為をするんじゃなく、平和に女子会をしている。

私のシスターフッドの原点になったのが、ミナミさんとの出会いだと思う。

我ながら親ガチャは大ハズレだったけど、友情運には恵まれていた。そのことを神に感謝とかは特にしないけど、ミナミさんにはお礼を言いたい。

ミナミさんが今どこで何をしているかはわからない。

何度もネットで検索したけど出てこなくて、数年前の同窓会にも出席していなくて、周りに消息を聞いてもわからなかった。

私はミナミさんに会いたいけど、あちらの都合はわからないので、会えなくても感謝の気持ちを伝えたい。

だから万に一つの可能性でも、このコラムを読んで「これあの子じゃね？」と気づいてくれたら嬉しい。

というわけで、最後は私信で失礼します。


ミナミさん、お元気ですか？

こちらはあの後いろいろあって、両親が遺体で発見されて弟は消息不明だけど、私は元気です。

ミステリー作家にはならなかったけど、こつこつと文章を書きながら、恐竜になりたい夫と暮らしています。

私はミナミさんに出会って人生変わりました。あなたが私を助けてくれたように、自分も誰かを助けられる人間になりたいなと思っています。

あの時、友達になってくれて本当にありがとう。

追伸「H・iGH&LOW THE WORST」という作品に、ミナミさんによく似た人が出てくるので、よかったら見てみてください。

「男の子はどう生きるか？」ＪＪからボーイズへの遺言（２０２１年10月1日）

某ボーイズグループのファンの友人が、沈痛な面持ちで話していた。

「推しが水中で溶ける海パンを穿かされるドッキリを見て、本気でつらくなりました」

「私は彼らのパフォーマンスが好きなのであって、テレビでそんなものを見たいわけじゃないのに……」


テレビ、特にバラエティ番組の人権意識やジェンダー意識の低さにはめまいがする。若い子を見ると自分が産んだ子のように思うＪＪ（熟女）は、アイドルが人権侵害される様子を見ると怒髪天を衝く。

あの子たちはみんな生身の人間なんやぞ。

メディアのトップにいるおじさんたちは、自分の子どもにも同じことをさせるか？という視点を持つべきだ。

大人には子どもや若者を守る責任がある、と肝に銘じるべきだ。

といっても彼らは聞く耳を持たなそうなので、視聴者が批判の声を上げることが大切だろう。

ライターの雪代すみれさんが「ウェジー」で次のように書いている（2021年8月27日）。

『テレビでは（略）全裸ドッキリや股間ネタが再生産され続け、多くの視聴者が疑問を持たずに享受している』

『テレビ番組の内容は多かれ少なかれ、確実に社会に影響を与えるものであり、男性へのセクハラの軽視や、男性が性被害やジェンダーステレオタイプに声をあげにくい状況と無関係でないだろう』

『男性タレントであれば、裸にされたりプライベートゾーンを痛めつけられる姿をエンタメとして楽しんでよいのか、私たちは今一度考える必要があるだろう』

教育関係の友人から、小学校でズボンおろしをされて学校に行けなくなった男の子の話を聞いた。

おろした側の男の子は、周りが笑ってくれるから冗談のつもりでやったらしい。

子どもを被害者にも加害者にもしないために、まずは大人が正しい性教育を学ぶべきだ。

そして男性の身体を雑に扱ったり、男性へのセクハラを笑いにするのは、もう本気でやめよう。これも根っこに「男はこれぐらいで傷つくな」「男は強くあるべき」というジェンダーの呪いがあると思う。


また、私はイジリ文化を撲滅したいフレンドとして「STOP!! イジリ」と提唱してきた。

イジリ文化もお笑いやバラエティ番組の影響が大きい。

人を揶揄する笑いを見て育った子どもたちは「人をイジれば笑いがとれる、場が盛り上がる」と刷り込まれてしまう。

サービス精神から、つい人を茶化すような発言をしてしまう子もいるだろう。

「冗談なのにマジギレするなよ」的な空気があると、イジられた側は傷ついても傷ついたと言えないし、イヤでもイヤと言えなくなってしまう。

私も女子校から共学の大学に進んだ時に、イジリの洗礼を受けた。男子から見た目イジリや非モテイジリをされても、当時は自虐して笑いで返していた。でも自虐すればするほどナメられて、自尊心を削られ続けた結果、過食嘔吐するようになった。

イジる側は冗談のつもりでも、それは人を一生苦しめる呪いになるのだ。

女性陣からは「男子のイジリ文化って何なんですかね？」「女同士はあんなふうにイジりませんよね？」という声が寄せられる。

たしかに女同士で見た目イジリ、非モテイジリ、処女イジリ等をすることはめったにない。

一方、男同士で「その腹ヤバいだろ」「だからモテないんだよ」「おまえその年で童貞なの？」とか言い合う場面はよく見かける。

これも男らしさの呪いが根っこにあるのだろう。

「相手より優位に立ちたい」という競争意識から、相手を見下すような発言をする。

「女をモノにできない男は一人前じゃない」というホモソーシャルな価値観から、非モテをバカにする。

それがインセル（※恋人や性愛のパートナーがいない原因を女性に押しつけ、女性嫌悪をつのらせる異性愛の男性）問題にもつながっている。

某人気少年漫画に「男を褒める男は、ホモか策士（タヌキ）かどっちかだ」というセリフがあって「この時代によくこれがオッケー出たな」とびっくりした。

男同士が褒め合ったり仲良くしていると「ホモか！」とイジるおじさんはいまだにいる。また策士（タヌキ）という言葉には「男は他人を蹴落として競争に勝つべき」というジェンダー観が表れている。

私も初対面の男性からイジられた経験が何度もあるが、マウント意識やミソジニー（女性蔑視）とともに「女を雑に扱える俺イケてる」的なイキりも感じた。

また、イジることで距離が縮まるという勘違いもあるんじゃないか。

たしかに仲良しの友人同士でからかいの言葉を交わすことはあるが、「イジったら仲良くなれる」と思っているなら大間違いだ。

それに仲良しであっても、イジられた側は内心傷ついていることも多い。

「いきなり失礼な発言されたら『死ねクソが』としか思いませんよ」「普通に尊重してほしいに決まってますよね」と女性陣からは盛大な膝パーカッションが寄せられた。

〝人から尊重されたければ、自分も人を尊重するべき〟

九九でいうと一の段だが、大人が子どもにそれを教えるどころか、呪いをかける場面が多い。


たとえば「男子は好きな女子をいじめるもの」という呪いも滅びるべきだ。

男子に髪を引っ張られたりスカートめくりをされた時、先生から「あいつはおまえのことが好きなんだ、許してやれ」と言われた、みたいな話に「誰が許すか！　末代まで呪ってやる！」と膝パーカッションで地面が揺れた。

セクハラ加害者が「相手を好きだったから」と言い訳するケースも多い。

好きという言葉でハラスメントを矮小化せず、絶対にしてはいけないと子どもたちに教えるべきだ。

「意地悪しても好意は伝わらないし、嫌われるだけだよ」「呪われて生霊を飛ばされちゃうよ」と。

攻撃的で乱暴なふるまいを「男の子だから」「男の子はバカだから」「ヤンチャだから」と容認するのもやめるべきだ。

女児が男児の髪を引っ張ったりズボンをおろした場合「女の子はバカだから」とは言わないだろう。

男の子の加害や暴力は許される、そんな呪いを次世代にかけないことが大人の責任じゃないか。

子どもは大人をお手本にして育つ。だから大人が尊重し合うコミュニケーションを実践すること、「リスペクトって、何かね？」と自問する必要がある。

特にメディアにいる人間はその影響力を自覚して、人権やジェンダーについて学ぶべきだ。

たとえば「好きな異性のタイプは？」みたいな、セクシャリティを無視した質問はやめよう。「メンバーの中でイケメン第1位は？」とか、ルッキズム丸出しの質問もやめよう。

子育て中の友人からは、夫婦間の意識のギャップに悩む声が寄せられる。

「夫が子どもをイジるんだよね。やめてと言っても『冗談だろ、いちいち怒るなよ』とまともに聞いてくれない」

「うちの息子はおとなしいタイプでいじめられがちなんだけど、夫は『男だったら泣くな』『強くなってやり返せ』とか言うのよ。息子が部屋でこっそり泣いてるのを見て、胸が潰れそうになった」

という話に私も胸が潰れそうになったし、他人様の夫だけど「しばきたい～♪」と玉置浩二顔になった。

「男はこれぐらいで傷つくな」「男は強くあるべき」と呪いをかけられて育つと、子どもは自分の傷つきや苦しみを認められなくなる。

感情を抑え込むようになり、感情を言葉にできなくなってしまう。

自分で自分の感情がわからないと、他人の感情もわからない。自分の感情を言語化できないと、他人と理解共感し合い、深いつながりを築くことも難しい。

また自分の弱さを認められないと、他人に助けを求められなくなる。弱さを否定してウィークネスフォビア（弱さ嫌悪）に陥ると、他人に優しくできなくなる。

そんな大人の男性をたくさん見てきた。

会社員時代、落ち込んでいる後輩男子に先輩が「くよくよするな、飲め！」と酒を注いだり「パーッと風俗でも行くか！」と誘う場面を見て、ゲー吐きそうになった。

まずは大人がジェンダーの呪いを手放し、男らしさのプレッシャーから解放されてほしい。男同士で感情ケアし合う姿を見せてほしい。

そうして男性自身が幸せになって、男の子たちにお手本を示してほしい。

と書いたところで、男性はあまり私のコラムを読まない。だからこのＪＪが若い人たちに言いたい。

「感情的になるな」「感情より理性を優先しろ」とか言われるけど、感情はめちゃめちゃ大切だから、自分の感情を大切にしよう。他人の感情も大切にしよう。

また弱音や愚痴を吐くことは、排便と同じぐらい大切だと覚えていてほしい。

うんこと同様、人はつらい感情をためこむと病気になるので、言葉にして吐き出そう。

誰かにつらさを話して「わかる」「つらいよね」と聞いてもらうことで、人は心の健康を保つことができる。

逆に「自分で解決しなきゃ、人に頼っちゃダメだ」と抱え込むと、どんどん追いつめられてしまう。

ストレスや不安が強くなると思考力が鈍って、適切な判断ができなくなる。

弱音や愚痴を吐くことで心のＨＰが回復して、解決に向けて動けるのだ。

なにより、長期間ストレスにさらされると「学習性無気力」という状態になり、逃げる気力すら失ってしまう。やばたにえんの麻婆春雨である。

自己責任教の弊害で「人に迷惑をかけちゃいけない」と刷り込まれている若者は多い。でも人は誰かに信頼されて頼られると、嬉しく感じるのだ。

逆に自分が頼られた時は助けてあげて、困った時はお互い様で支え合える社会のほうが生きやすい。そんなのあたり前田のクラッカーである。

また感情を言葉にするのが苦手な人は、自分の心を見つめて、文章に書いてみよう。自分だけが読むブログを書いて練習するのもいいと思う。

そのうえで、それを人に話す練習をしてみよう。

相手の反応が怖い場合は、事前にＬＩＮＥとかで「真面目に話したいことがあるんだけど聞いてくれる？」と予告するといいと思う。そしたら相手も心の準備ができるから。

もし自分が聞く側になった場合は、茶化さず真剣に耳を傾けてほしい。

気のきいたアドバイスとかいらないから、相手の言葉を否定せず最後まで聞いてあげよう。それだけで相手は安心するし、気持ちに寄り添ってくれることに救われるから。

そして「話してくれてありがとう」と言ってあげてほしい。

ＪＪなので同じことを何度も言うが、当事者は傷ついても傷ついたと言えない場合が多い。

男友達は「学生時代はイジられキャラとして振る舞っていたけど、本当はすごく傷ついていて、人と接するのが怖くなった」と話していた。

このように本人は言いづらいからこそ、周りが「そういうのやめようよ」と注意してあげてほしい。注意するのが無理でも、少なくとも同調して笑わないでほしい。周りが真顔で無反応をキメれば、イジる側が「これってマズいかも」と気づくキッカケになる。

そうやっていたわりと友愛の心で生きてくださいね。以上がＪＪからボーイズへの遺言です（完）。

もうちっとだけ続くんじゃ。私は若い人たちと接するたびに「何といういたわりと友愛じゃ……」と合掌している。

みんなスマホの操作とか優しい孫のように教えてくれるし、モラルや人権意識が高いし、他人を傷つけない気づかいや思いやりがある。

「最近の若者は傷つきやすくて繊細すぎる」とボヤく老人がいるが、繊細で何が悪いと言いたい。

繊細でいることは、自分と他人を大切にすることだと思う。

男も女も繊細でいいし、傷ついていいし、泣いていいし、弱くてもいい。自分の弱い部分を認められて、助けを求められることが強さなのだ。

この強さとは人に勝つための強さじゃなく、生きる力としての強さなのじゃよ。

そして我々中年の役割は、若い子たちが社会に潰されないよう盾になることだ。

今後テレビで全裸ドッキリや股間ネタを見かけたら「リスペクトって、何かね!!」とカボチャをぶん投げて、抗議したいと思う。

「ぼくの推しを守って」イマジナリー桶を打ち鳴らす仲間たちへ

（2021年10月18日）

前回の「『男の子はどう生きるか？』ＪＪからボーイズへの遺言」には多くの共感の声をいただいた。

男性からも「子どもの頃にズボンおろしをされて嫌だった」「男同士のホモソノリやイジリ文化がつらかった」といった声が寄せられた。

メディアがセクハラやイジリを「笑い」として表現する罪は大きい。関係者は人権やジェンダーについて学ぶべきだ。

と私は繰り返し書いてきた。

なぜなら、メディアの社会に対する影響力はきわめて大きいから。かつ、自分の推しがセクハラやイジリとかされたら泣いちゃうから。

あと万一、自分の推しが不適切発言とかで炎上したら死んじゃうと思う。

我が推しに限ってそんなことはないと信じている……が、しかし。

ほとんどの日本人はまともなジェンダー教育や人権教育を受けずに育っている。

そのため無自覚に不適切な言動をしてしまった推しの炎上に泣くファンがあとを絶たない。

たとえば、某男性アイドルが子どもの頃にスカートめくりしたことを「笑えるネタ」として話していた。

本人的には無邪気なイタズラのつもりだろうが、これは性暴力である。

スカートめくりをされて学校に行けなくなる少女や、大人になってもスカートを穿けない女性も存在する。

拙著『フェミニズムに出会って長生きしたくなった。』に収録した「ジャニーズはジェンダー担当に拙者を雇ってはどうか」で次のように書いた。

『昨今あちこちで炎上の狼煙《のろし》が上がっていて、燃えるべきものが燃える時代になった。時代は少しずつでも良い方向に進んでいるな……と思っていた矢先、「快感インストール」の予告を見て腰を抜かした（※ｄＴＶで配信されたドラマ。女性の体に触れると、その女性の快感を自分にインストールできるという設定。女性をモノ扱いする描写などに批判が殺到した)。

私がキスマイのファンだったら、ショックで憤死しただろう。なぜファンの女性の多くが性被害に遭っていると想像できなかったのか、なぜ誰も止めなかったのか……と天を仰いでいたら、キスマイファンの女子から「ショックで自律神経が乱れまくって、命の母ホワイトを飲みました(泣)」とLINEをもらって胸が痛んだ。

彼らもファンを悲しませる気はなかったはずだ。まともな性教育を受ける機会がなかったことが悲劇を招いたのだろう。

というわけで、ジャニーズはジェンダー担当に拙者を雇ってはどうか。ギャラはいらないので、ファンに命の母ホワイトをプレゼントしてほしい』

ジェンダー教育や性教育を受ける機会がなかったことは、本人のせいじゃない。だけど人はいくつになっても学べるのだ、本人に学ぼうとする意志さえあれば。

一番の問題は「あなたには学びが必要だよ」と言ってくれる人が周りにいない環境だろう。

芸能事務所はタレントを守るために、ジェンダー教育や人権教育を徹底してほしい。マジでマジでお願いだから、ぼくの推しを守って……！！！

少し前に、お笑いコンビ・見取り図の番組が炎上した。詳しくはウェブ「女性自身」の記事（２０２１年９月24日）を読んでほしい。

私もこの件について、以下のようにツイートした。

『盛山は《今日の東京スケッチは一般女性の留守宅へガチ侵入をする、ほぼ空き巣企画です。是非！》と紹介。
「ガチ児童虐待企画です。是非！」とかはありえないのに、女性宅に侵入してパンツを盗む行為はギャグにする。いい加減、性暴力やジェンダーについて学ぶべき』

このツイートは広く拡散されて「ひどすぎて震える」「吐きそう」とコメントが寄せられた。

「見取り図のファンだからショックで泣いてる」というコメントもあった。

うんうん、泣いちゃうよね……と私も胸を痛めて、命の母ホワイトを贈りたくなった。ついでに養命酒も贈ろうかしら。

誰か～彼らに伝えてくれよ～～！！！

とアンダルシアじゃなくアルテイシアは叫びたい。

我々は下ネタやエロがNGなんじゃなく、性暴力を下ネタやエロとして扱うな、と批判しているのだ。

私が小学生の時に見たドリフの痴漢コントの時代から、いい加減アップデートしてくれよ。視聴者の中にも性被害に苦しむ人がいることを想像してくれよ。

下着泥棒に入られて、怖くてその家に住めなくなった女友達がいる。彼女は「大好きな家だったけど引っ越して、金銭的にも精神的にも本当につらかった。なんで被害者の私が住む場所を奪われなきゃいけないのか」と話していた。

性犯罪の加害者の95％以上が男性、被害者の90％以上が女性である。

女性が1階に住むのは危険、駅から遠いのは危険、セキュリティのいい物件に住むべきと言われるため、住居費が高くなる、にもかかわらず女性の平均賃金は低い。みたいな現実を知っていれば、性被害者の声を聞く機会があれば、「この企画は絶対アウト」と彼らも判断しただろう。

この企画が通ってしまったのは、男同士のホモソノリで「これヤベー、絶対受ける！」と盛り上がっちゃったからなんだろう。


この手の企画が炎上した際に「スタッフの中には女性もいた」と制作側がコメントしたりするが、女性がいればいいってわけじゃない。

女性だからといってジェンダー意識が高いとは限らないし、男社会のホモソ的な価値観に染まっている女性もいる。

女性の政治家にも「中身はトランプ前大統領」みたいな人がいるように。「女性はいくらでも嘘をつける」とか抜かす人がいるように。

日本の組織で権力を持つのは圧倒的におじさんが多い。偉いおじさんに睨まれたくなくて、反対意見を言いたくても言えない女性も多いだろう。

そもそも制作スタッフはジェンダーの専門家じゃないんだから、餅は餅屋に頼むべきだ。第三者の専門家にチェックを頼めば「これテレビで流す気？　正気か？」と指摘してくれるだろう。

最近は「ジェンダー意識が低いと生き残れない」と危機感を抱く組織が増えている。芸能人も「アップデートしないと、やばたにえんの麻婆春雨」を合言葉にしてほしい。

業界全体のアップデートが進めば、我が推しも守られると思うから。

なにより、私はもう推しの葬式みたいなファンの顔を見たくない。

先日も某お笑いコンビを20年推している友人から悲しみの報告が届いた。

その男性コンビがYouTubeで「フェミニストがセクシーな格好の女性を叩いている」系の話をしていたそうだ。

『一番つらかったのは、「フェミは頭が悪い」系のド直球のミソジニーコメントに彼らが「いいね」していたことです』

『私自身もフェミニストだし、彼らをずっと応援したいのに……もう悲しすぎて怨霊になりそうです……』

そうしめやかに語る友人を見ながら「我が推しがそんな話をしていたら、アルマゲドンになっちゃうよ」と思った。

私は路地裏の野良作家だが、お笑い芸人の難しさを多少はわかるのだ。

ハッピーフェミニスト、バッドフェミニストなどいろんな自称があるが、我はひょうきんフェミニストでありたいと思っている。

読者が笑ってくれるものを書きたい。そんな思いで16年やっとりますが、かつては読者に笑ってほしいと思うあまり、きわどいところを攻めることもあった。

過去の私はジェンダーやルッキズムの感覚がガバガバだったし、この表現はマズいかも？ と思いつつ、面白さを優先してしまうことがあった。

過去の文章を読み返して「これは書くべきじゃなかった、間違っていたな」と反省することは多い。だからこそ、今は「これを見て笑えない人は誰か？」と考えるようにしている。

これを見て傷つく人がいるかもと思ったら、どんなに笑えるネタでも書かない判断をしている。誰も傷つけないことは無理でも、なるべく傷つけないように注意して、そのうえで笑える文章を模索している。

時代とともに人々の感覚は変わる。その変化に敏感でいることがプロだし、「昔はこれが受けたのに」とボヤくだけの老人は引退した方がいいだろう。

私も過去にさんざんやらかした反省があるからこそ、アップデートを怠ってはいけないし、声を上げなきゃと思っている。


そして、子どもや若者を守ることが大人の責任だと思っている。

40代の私はガチ保護者目線でアイドルを見ている。

10代のアイドルが露出の多い衣装を着ていると、お腹が冷えるんじゃないかしら……と心配になり、腹巻きを贈りたくなる。

そんなわけで、加護ちゃんの話には「わかる!」と膝パーカッションを連打した。

加護ちゃんはYouTube「加護ちゃんねる」で「三人祭(過去に所属したユニット)が一番嫌いでした。本当に嫌だったです」と告白している(2021年9月21日公開)。

「本当によく考えてほしいの。大切な中学2〜3年生の時に、ピンクのカツラでパンツを出すってことがどれほど恥ずかしかったことか」「お腹を出すことも本当に嫌だった」「PV撮影も泣いてました」と20年越しに正直な思いを話していた。

そりゃそうだよね、つらかったねえ……と20年越しに腹巻きを贈りたくなったが、その動画には「だったらモー娘。に入らなければよかったのに」といったコメントがついていた。

小中学生にまで自己責任教を押しつけるヘルジャパン。

そういう人は自分がパワハラを受けた時に「だったらこの会社に入らなければよかったのに」と言われたら、どう思うのか。

また、この手の話題には「好きでやってるアイドルもいるだろ」「体を露出する女性を否定するのか」系のコメントが湧きがちだが、「やる」と「やらされる」の区別もつかんのか。

加護ちゃんは嫌だと泣いてもやらされたのだろうし、嫌でも嫌と言えないアイドルもいるだろう。また年齢を重ねてから「あの時、本当はやりたくなかったな」「あんなの子どもにやらせるべきじゃないよな」と気づくこともあるだろう。

先月、ツイッターで「#桶ダンスやめてください」というハッシュタグが広がった。桶ダンスとはジャニーズの舞台の演出のひとつで、出演者がほぼ全裸の状態で股間を桶で隠しながら踊るというものだ。

出演者の中には未成年もいることから、ファンから批判の声が上がり、「#桶ダンスやめてください ジャニーズ事務所は桶ダンスを廃止し、未成年の保護に取り組んでください」という署名運動も行われた。

だが今のところジャニーズは桶ダンスの演出をやめてないらしい。

未成年の少女がほぼ全裸で桶ダンスをやらされていたら、その異常さに気づくはずだし、性的搾取だと問題になるだろう。

男性に対する性的搾取やセクハラもやめるべきだし、男性の身体の尊厳も守られるべきだ。

「桶ダンスに喜ぶファンもいる」との声もあったが、喜ぶファンがいるからといって、問題視するファンがいる事実は変わらない。

厳しい言い方だが、桶ダンスを支持するファンは性的搾取に加担していると思う。もし私がファンだったら、桶をかついで打ちこわしを行うだろう。桶騒動を起こさずに署名活動で訴えたファンは立派である、ノーベル平和賞を贈りたい。

私も署名に賛同するツイートをしたが、それに対して「うるさいフェミがまた騒いでるｗｗ」系のコメントが一部の男性からついていた。

私は彼らに問いたい。なぜあなたたちが声を上げないの？


「男性の身体の尊厳も守られるべき」


これが社会通念になれば、男性に対するセクハラや容姿イジリも減るだろう。これはあなたたちの問題なのだよ。

それにあなたも元少年だったら、少年たちを守りたいと思わないの？

そこで「思いません」と返す奴に用はない。私は大人として少年も少女も守りたいし、それが中年の役目だと思っている。

そして同じ思いを持つ人がいっぱいいることを知っている。そんな仲間たちと協力しながら、イマジナリー桶をドンドコ打ち鳴らしたいと思う。

ロリコンに甘すぎる国で子どもを守るためにできること（２０２１年11月1日）

「忘れっぽいんでな、メモってたんだ」

これはジョジョの承太郎のセリフだが、ＪＪ（熟女）はメモったことを忘れるので、メモ用紙を冷蔵庫に貼るまでがＪＪムーブだ。

そんなＪＪの忘却力をもってしても、忘れられない記憶がある。

私の初めての性被害は5歳の時だった。

近所のおもちゃ屋の店主に体をまさぐられた感触を、今もはっきりと覚えている。

大人になって友人たちが「私もあいつに触られた」と話していたので、そいつは常習犯だったのだろう。子どもは怖いことがあると隠そうとするため、店主の犯罪は野放しになっていたのだろう。

また子どもはそれが性被害だと認識できず、適切な支援につながれないことが多い。

だからこそ、普段から「これは性被害なんだよ、あなたは何も悪くないよ」と教える性教育が必要なのだ。

先日、43歳の男がエレベーター内で9歳の少女に無理やりキスをした事件が報道された。男は少女のことを「自分のタイプだった」と話したそうだ。

私も周りの友人たちも、子どもの頃からロリコンに狙われてきた。女友達は小学生の時、塾講師の男に体を触られたけれど誰にも話せなかったそうだ。女子校に通っていた中高時代は、同級生のほとんどが電車や路上で痴漢に遭っていた。

２０２０年に日本共産党東京都委員会のジェンダー平等委員会がおこなった痴漢被害についての調査によると、回答者の96％に被害経験があり、被害時の年齢は18歳以下が71・5％、12歳以下が34・5％にのぼっている（「しんぶん赤旗」２０２１年２月19日付）。

つまり7割強が子どもの頃に痴漢被害に遭っているのだ。

7割強の子どもが電車や路上で殴られている、と聞いたら「そんな社会は異常だ」と気づくだろう。

「殴られないために子どもが自衛しろ」だの「被害者が生意気な恰好をしてたから」

だの言わないだろう。みんな被害者じゃなく加害者を責めるし、これは子どもじゃなく大人側の問題だとわかるだろう。

一方、痴漢については「被害者が自衛しろ」だの「ミニスカートを穿くな」だの言われる。「冤罪じゃないか」「売名じゃないか」と性被害を訴えた側がバッシングにさらされる。

性被害については感覚がバグる。それは日常に性暴力や性搾取が溢れていて、感覚が麻痺しているからだ。

こんな社会が異常だと気づかないことが異常なのだ。

タカラトミーと「アメトーーク！」の炎上を覚えているだろうか？

ＪＪは今まで食ったパンの枚数どころか、昼食に食ったのがパンかうどんかも覚えていないが、これらの件にギョッとしたことを覚えている。

タカラトミーの件は、公式ツイッターが「＃個人情報を勝手に暴露します」とハッシュタグをつけて「とある筋から入手した、某小学5年生の女の子の個人情報を暴露しちゃいますね…！」という文章と共に、リカちゃんの誕生日や体重身長、リカちゃん電話の番号を投稿。

「久しぶりに電話したら、昨日の夜はクリームシチュー食べたって教えてくれました。こんなおじさんにも優しくしてくれるリカちゃん…」と連投した。

それらのツイートが批判されると「ただの商品紹介告知のつもりでした…後悔はしていません…」「またシャバの空気が吸いたいよぉ」と返信。

おまえそれしらふで言うとんか？

と私は全身の毛が逆立ったし、おもちゃ屋の店主から受けた性被害がフラッシュバックした。よりにもよって子ども向けのおもちゃメーカーがこんなツイートをするなんて、感覚が麻痺しているにもほどがある。

後日タカラトミーはツイッターで謝罪するとともにツイートを削除したが、企業が受けたダメージは計り知れない。

子育て中の友人たちは「リカちゃんに罪はないけど、二度とあそこのおもちゃは買わない」と宣言していた。

「アメトーーク！」の件は、「もっと売れたい芸人」として出演したアイドルオタクの男性芸人が「推しメンは14歳あたりが多い」と語ったうえで「虐げられてるんですよ、ロリコンって言われて、小さいアイドルを応援していると。アメリカの仲間とか、体内にGPSとか埋め込まれてますよ」と発言した。

わいとんか？

これは関西弁で「あなたはどのような考えでその発言をされたのですか？」という意味である。

彼の言う「仲間」とは、児童に対する性犯罪で捕まった人々のことだろう。それを笑いのネタとして話すなんて、完全に感覚が狂っている。

これが欧米だったら要注意人物扱いされて、通報されてもおかしくはない。

「アメトーーク！」は収録番組でカットもできるのに、この発言を流していいと判断した制作側も感覚が狂っている。

ロリコンに甘すぎる国、ヘルジャパン。

ロリコンに甘すぎる国、ヘルジャパン。

大事なことなので2度言った。メディアの人間はこの言葉を写経して冷蔵庫に貼ってほしい。

この手の案件が炎上すると「表現の自由ガー」と赤潮みたいにクソリプが発生するが、表現の自由は批判されない権利じゃない。

「子どもを性的対象として扱うな」「性暴力を笑いのネタにするな」というのはまっとうな批判であり、子どもを守るのは大人の責任である。

と私は口酸っぱく書いてきた。

ジャニーズの桶ダンスのコラムでも「少年も少女も体の尊厳を守られるべき」と書いたが、欧米在住の友人たちは「こっちでは桶ダンスとかありえないし、中高生アイドルの水着グラビアとかもギョッとされるよ」「未成年に対する性暴力や性搾取にはめちゃめちゃ敏感だよ」と話していた。

以前、イタリア人タレントのジローラモさんの発言がツイッターで話題になった。

中高生のアイドルを並ばせた番組にジローラモさんがゲスト出演した際、「毎回恒例の質問です、どの子がタイプですか？」と司会者に聞かれたジローラモさんはびっくりして「みんな子どもですよね？　みんな自分の娘だったら嬉しいですね」と答えたそうだ。

これがまっとうな大人の感覚だろう。

ヘルジャパンでは、未成年の少女を「子ども」じゃなく「若い女」として見ている男が多すぎる。

少し前に、国会議員が「50歳近くの自分が14歳の子と性交したら、たとえ同意があっても捕まることになる、それはおかしい」と発言して批判を浴びた。

50歳の男が14歳の少女とセックスすることを妄想するだけでもキモすぎるが、それを政治家として公に発言するなんて……。

吐き気を催す邪悪とはッ!!

この発言に対して「少女から求める場合もある」と擁護するコメントがあったが、

14歳の少女に「酒を飲みたい」と言われたら「未成年は飲んじゃダメ」と注意するのが大人の常識だろう。

未成年は酒も飲めないしクレカも持てないし選挙権もないのに、セックスだけは判断能力があるから大人扱いしろだなんて、あまりに都合がよすぎる。

どれだけ男の性欲に甘い社会なのか、こんな社会でどうやって子どもを守るのか？

日本は性犯罪に関する刑法も遅れている。

性交同意年齢が13歳というのは世界的にも異例の低さだし、暴行・脅迫要件や抗拒不能要件もいまだに改正されていない。

今の法律では13歳になると性行為に同意する能力があるとみなされ、かつ性行為を迫られた時に「イヤだ」と断っただけでは足りず、「暴行または脅迫があった」と証明しなければ加害者は罰せられない。

ムチャやがな。つかおっさんに迫られたら怖すぎてイヤとか言われへんがな。

と一度は13歳だった者は思うだろう。

だから大人の性暴力から子どもを守るために、性交同意年齢を16歳に引き上げようと議論しているのだ。

そこで「おっさんの自分を守れ」ってマジ何言ってるかわからないポルナレフ状態である。

10年以上前、ガラケー時代に悩み相談コラムを連載していた。当時、中高生からネットで知り合った男性についての相談をよくもらった。

「30代の彼は仕事が忙しくて会えないけど、私がつらい時や寂しい時にメールをくれます。ただ彼のプロフを見ると、つながってるフレンドが中学生の女の子ばかりなのが気になります。私は本命じゃないんでしょうか？」

みたいな中学生からの相談に「まともな成人男性は中高生とつながろうとしない。あなたに連絡してくる時点でそいつはヤバいロリコンだよ」「写真を送れとか住所を教えてとか言われても、絶対に応じてはいけないよ」と答えていた。

「信頼できる周りの大人に相談してね」と書きたかったが、信頼できる大人がいないから私にメールしてくるんだよな、と思った。

中高時代の私にも信頼できる大人なんていなかった。

毒親家庭で寂しさと孤独を抱えていた私は、自分では大人のつもりだったけど、世間知らずの子どもだった。

おまけにガチの夢女子だった。

だからネットで知らない男に優しくされたら、自分を救ってくれる救世主だと勘違いしただろう。まんまとグルーミング（※子どもへの性的行為を目的として、まずは心を懐柔すること）されて、要求に従ってしまっただろう。

私の中高時代にネットがなくてよかったと思う。当時、女子校の憧れの先輩と文通していた話を若い人にしたら「平安時代みたい！」と驚かれた。

今は学校でもネットの危険性を教えているが、学校や家庭に居場所がない子どもはインチキ救世主にすがってしまう。

そんな子どもたちの弱みにつけこみ、性搾取しようとする大人がゴマンといる。

居場所のない少女たちを守る活動をしてる仁藤夢乃さん（Ｃｏｌａｂｏ代表）のインタビュー記事（「ウェジー」２０２1年10月19日）をぜひ読んでほしい。

『たとえばSNSで10代の女の子が「泊めてほしい」「行くところがない」といった投稿をすれば、10分程度で20人ほどの男性から「サポートするよ」といったメッセージが届くんです』

『Colaboにつながる10代の女の子たちの多くは、学校や警察にSOSを出した経験があるのですが、その際の対応が不適切で、大人への不信感が蓄積され、「誰にも頼れない」と思っている子が少なくありません。

こうした経験からか、「諦め感が強い」という特徴もあります。性搾取をされても「自分のせいだ」「どうせ選択肢がない」と自己責任だと思い込まされ、無力感に苛まれている子が多いです』

そんな少女たちが「売った側も悪い」「金を受け取ったくせに」とバッシングにさらされる。

これはメディアにも大きな責任がある。

メディアは「援助交際」「パパ活」と言い換えずに「児童買春」と書くべきだ。

「援交少女の闇」だの「バイト感覚でパパ活」だのと少女側の問題にすりかえて、性搾取する男性たちの罪を透明化するなと言いたい。

大人の罪を子どもになすりつけるなと言いたい。

体を売ろうとする少女がいたら、適切な支援につながれるようにサポートするのがまっとうな大人だろう。

『男性が逮捕されると「お金を受け取ったのに」「男性がかわいそう」と言い出す人が少なくない。現状、売る側の問題にしておけば福祉も社会も反省せずに済むため、少女たちが切り捨てられているのだと思います』

『買う側の成人男性と買われる側の未成年少女は、どう考えても対等な関係ではありません。（略）「需要と供給の一致」「ｗｉｎｗｉｎの関係」「お金をもらったのだから」と言い出す人もいますが、そこに対等な関係性はなく、金銭を対価に性関係を要求すること自体が性暴力であって性搾取です』

という仁藤さんの言葉に膝パーカッションを連打しつつ、ささやかながらＣｏｌａ

boに寄付を続けている。

今では寄付とかできるようになったけど、10代の私はひたすら金がほしかった。うちの母は子どもに本を買うより自分のブランド物を買いたい人だったので、思春期の私は「銭がほしいズラ」「本を買いたいズラ」と銭ゲバ顔で街をさまよっていた。そんな時、JKビジネスで金儲けする大人に「簡単なバイトだよ、おじさんとカラオケするだけで3千円もらえるよ」と声をかけられたら「やってみよかな」と思っただろう。

そんな過去の私を羽交い締めして「やめておけ!!」と叫びたい。「きみは世間知らずの子どもでリスクをわかってないんだよ、そういうおっさんの要求はエスカレートするんだよ、ちんこを見せてきたりするんだよ」

と言っても生意気ざかりの私は「そんなのやってみなきゃわかんないし、つかおばさん誰?」と返すだろう。

そこで「その年で性欲むきだしのキモいおっさんを見たらショックを受けて傷つくし、男性に対する見方も歪むし、まともな恋愛ができなくなるぞ」と説得しても「何事も経験してみなきゃわかんないし、つかおばさん誰？」と返すだろう。

そこで40代の私は「世の中には経験しないほうがいいこともある！　つか俺はおまえだ!!」と10代の私を張り倒すかもしれない。

でも10代の私のほうが強いので、返り討ちに遭うと思う。同級生と教室で相撲を取ったりしてたし。


我々が真に張り倒すべき相手は、性搾取する人々であり、ロリコンに甘すぎる社会である。

私は大人として子どもを守りたいし、それが中年の役目だと思っている。なので四《し》股《こ》を踏んで体を鍛えながら、今後も声を上げていく所存である。どすこい。

おらこんな村イヤだけど、諦める気はさらさらない（2021年11月18日）

うちの夫は6歳の時に両親が離婚して、母子家庭で育った。

義母いわく、結婚前は優しかった夫がモラハラDV野郎にヘン〜シン（超あるある）。夫が息子にまで暴力をふるおうとしたため、離婚を決意したという。

当時「お母さんについてくるよね？」と泣きながら息子に聞いたら「クワガタを飼えるのであれば」とキッパリ返されたそうだ。

離婚後、義母はスナックでホステスとして働き始めたが、生活は苦しかった。困窮した末に「お母さんと一緒に死のう？」と息子に言ったら「死ぬんやったら一人で死ね！」と返されたという。

夫いわく「俺は『レインジャー忍法』を愛読していたので、殺されてたまるかよ！と家中に忍者の罠を仕掛けた」とのこと。

小学生の夫は忍者の苦無《くない》に憧れて、運動靴の靴ひもに釘を仕込んで登校していたそうだ。

今では笑い話として語れるが、母子家庭の貧困は笑い事ではない。
日本では子どもの7人に1人が貧困状態にあり、母子家庭にいたっては半数以上が貧困である。

食料配布ボランティアに参加している友人が「シングルマザーの女性がいっぱい来るよ」と話していた。

「コロナで収入が減って1日1食しか食べてない、だから本当に助かる……と泣きながら帰っていくんだよね」と。

コロナ禍に安倍さんはろくに会見を開かず、貴族みたいに紅茶を飲む動画を流し、260億かけてゴミみたいなマスクを送ってきた。

安倍さんと仲良しの麻生さんは「とてつもない金持ちに生まれた人間の苦しみなんて普通の人にはわからんだろうな」と過去に発言している。

彼らには貧困に苦しむ人々なんて見えないのだろう。

うちの義母もそうだったが、いわゆる夜職で働くシングルマザーは多い。

シングルマザーは正規雇用につくのが難しいため、非正規でバイトをかけもちしながら子どもを育てる女性も大勢いる。

夜職で働くシングルマザーを主対象にフードパントリー（無料食材）を提供する「ハピママメーカープロジェクト」を率いる石川菜摘さんは、「コロナ禍で困窮する夜職のシングルマザーは増えている。どこのフードパントリーや子ども食堂も予約ですぐにいっぱいになります」と話している（「女子ＳＰＡ！」２０２1年7月21日掲載）。

コロナの持続化給付金や家賃支援給付金の対象から、性風俗事業者が除外された件が話題になった。

同じ頃、「ワイドナショー」で松本人志が「ホステスさんがもらってる給料を我々の税金では、俺はごめん、払いたくはないわ」と発言した。

近年の彼の発言には「貴様の棺桶、準備はＯＫ？　貴様は老ＧＵＹ、ＣＨＡＮＧＥ ＯＲ ＤＩＥ」と怒りのＪＪラップを歌ってきたが、この時はもう怒りを超えて悲しくなった。

「これ以上、嫌いにさせないで……」と元カノみたいな気持ちになった。

私は小学生の時から「4時ですよ〜だ」や「夢で逢えたら」を見て育ったのに、初恋の人がネトウヨおじさんになっちゃった気分である。

松本よ、おまえさんも幼少期の貧乏エピソードをよく話してたやないか。いつのまに安倍や麻生みたいな「見えてない側の人間」になってしもたんや。


いまや超富裕層の彼がこんな発言をするのもグロいが、それを放送するテレビ局もヤバい。

これはあからさまな職業差別であり、夜職の女性を社会から排除する発言である。

放送後、ネットでは松本の意見に同調するコメントが広がった。

影響力のある人間の言葉は差別やヘイトを助長する。トランプ政権下のアメリカではヘイト表現やヘイトクライムが激増した。

松本の発言にはネットで批判の声も上がったが、彼は謝罪することもなく、今も番組は続いている。これが圧力と忖度か、これが吉本の力か。

私の周りは「うんざりするからテレビは見ない」という人が多いし、若年層のテレビ離れが進んでいる。

一方、一番身近にいる高齢者（義母83歳）はむっさテレビを見ている。

２０２１年の衆院選の後、義母とこんな会話を交わした。

義母　「野党共闘は失敗やったんやろ？　共産党と組んだのがあかんかったんやろ？　テレビでみんな言ってるやん」

私　「お母さん、もし野党共闘していなければ自民党はさらに圧勝して……」

義母　「それに役人は偉そうにいばって給料たくさんもらってズルいわ。維新はそんな連中と戦ってる庶民の味方やろ？」

私　「お母さん、新自由主義ってわかります？」

義母　「難しいことはわからんけど、吉村さんいつもテレビに出てがんばってるやん。それに民主党にはやっぱり任されへんわ」

私　「なんでそう思う？」

義母　「悪夢のような民主党政権って、テレビでみんな言ってるやん」

テレビの洗脳スゲー。

義母のおばあさん仲間も「吉村さん好きやねん、テレビでよく見るし」と言っているそうだ。実際、吉村さんが選挙の応援に行くと人がげっさ集まるという。

「コロナにはイソジン」とか言うてても、テレビに出ると人気が出る。

頭が痛くなるが、80代のおばあさんに向かって「この凡愚の情弱め！」と責めるのは酷である。

でも私はもう関西に住むのがつらい、マリネラに亡命してクックロビン音頭を踊りたい。

義母に「新自由主義とは」と説明しようとしたら「今日耳日曜〜」とスルーされた。

小難しい話は聞きたくない、わかりやすい言葉がほしい、そういう人が多いから、トランプも支持されたのだろう。わかりやすく仮想敵を作って「あいつらはズルい」とヘイトや嫉妬を煽れば、政治や社会に対する不満から目をそらせられる。

シングルマザーの貧困は社会問題であり、政治や福祉の貧弱さが招いたものだ。にもかかわらず「身勝手に子どもを産んだんだから自己責任だ、自業自得だ」と母親がバッシングにさらされる。

そして父親の存在は透明化される。

女ばかりが責められて、男の責任は問われない。これは赤ちゃんを遺棄する事件が報道された時も同じである。

この件については、雨宮処凛さんが言いたいことを全部書いてくれているので、こちらの記事を読んでほしい（「イミダス」２０２１年11月２日）。

私は激しく膝パーカッションしすぎて、ＹＯＳＨＩＫＩみたいになった。

『毎年のように妊娠を誰にも言い出せず、自宅などでひっそりと出産し、どうしていいかわからず手をかけてしまったという事件を見聞きしている。

２０２１年９月末にも、自宅で出産した高校生が逮捕されている。

（略）

その少し前には、就職活動で上京した際、空港のトイレで出産した女児を殺害した

23歳女性の裁判が注目を浴びた。

（略）

遡る7月には、あるベトナム人技能実習生に科せられた「実刑」が大きな話題となっていた。

この女性は20年11月、双子の赤ちゃんを死産し放置したとして死体遺棄の罪に問われていたのだが、懲役8カ月、執行猶予3年の有罪判決となったのだ』

『このような事件が起きるたびに、「身勝手な母親」「勝手に妊娠・出産して困ったら殺すなんて無責任すぎる」などと女性に対する非難が嵐のようにわき起こる。もちろん、小さな命が奪われてしまったことは痛ましいし、裁かれるべき罪であることは間違いない。

それでもこの手の事件が起きるたびに思うのは、「なぜ、妊娠させた男のほうは影も形もないのだろう？」ということだ』

赤ちゃんを遺棄して起訴された20歳の専門学校生は、相手の男性から中絶の同意書にサインがもらえず、複数の医療機関で中絶手術を断られていたそうだ。

中絶の際に「配偶者の同意」が必要とされているのは、日本やインドネシア、サウジアラビアなど11カ国しかないという。

『(日本では) 緊急避妊薬が薬局で買えないだけでなく、経口中絶薬はそもそも認可すらされていない。(略) 薬を飲むだけで中絶ができる経口中絶薬は世界70カ国で承認され、WHOも安全な方法として推奨しているのに、である。現在、日本で中絶手術をすると10万~20万円かかるが、海外での経口中絶薬は430~1300円。これでどれほどの悲劇が防げるだろう』

これが日本の女たちが生きる現実である。

もし男に対する「妊娠させた罪」があれば、DNA鑑定で父親を特定して責任を負わせる法律があれば、男も本気で避妊するし、緊急避妊薬も薬局で買えるし、経口中絶薬も承認されているんじゃないか。

ジェンダーギャップ指数120位(2021年)のヘルジャパンでは、女の体のことを男が決める。

そんな国でどうやって女が安全に生きていけるのか、少女たちを守ることができるのか。日本は性教育もかなり遅れていて、国が子どもを守る責任を放棄している。

一方、海外では包括的性教育が成果を上げている。

性教育が進んでいるオランダでは初性交年齢が高く、10代の出産中絶率も低いそうだ。

スウェーデンでは保育園から子どもに性教育やジェンダー教育を行ううえ、国内に200カ所以上のユースクリニックがある。そこで若者が性や心身について相談できるし、ピルや緊急避妊薬を無料でもらえたりもするそうだ。

かたや日本はないないづくしである。

テレビもねえ、ラジオもねえ、おらこんな村イヤだ……と吉幾三は訴えていたが、おらが村にはテレビやラジオはあるが、吉本と維新に乗っ取られている。

おらこんな村イヤだ、日本を出たならユーロを貯めて、北欧でトナカイ飼うだ。

と歌いたくなるが、私は生まれ育った神戸の街が好きなのだ。それに自分だけ救われたらいいとは思えない。

この国の政治がすぐに変わらないことは、45年生きてきて知っている。

世界では100カ国以上がクオータ制を導入して女性議員が増えているのに、日本の衆議院には女性が1割以下しかいない。

おまけに女性の政調会長が選択的夫婦別姓に反対したり、「男女平等は絶対に実現しない妄想」だの「LGBTは生産性がない」だの発言する議員もいる。

けれども、#KuTooや生理の貧困や痴漢問題が国会で取り上げられたりと、変化も感じている。

特にここ数年の社会の変化は大きい。

ジェンダーや性教育やリプロダクティブ・ヘルス／ライツの書籍やコンテンツが売れている現状も、10年前には考えられなかった。

それが金になるとわかれば、メディアのトップにいるおじさんたちもGOを出す。

私も10年前に「フェミニズムについて書きたい」と出版社に提案しても見向きもされなかったが、今では「フェミニズムについて書いてほしい」と依頼が来る。

また、若い人たちから「アルさんのコラムでフェミニズムを知って、政治に興味を持つようになって、今回初めて投票に行きました」と嬉しい報告もいただく。

大学生にはジェンダーの授業が大人気だそうだ。ジェンダーやフェミニズムは政治に興味を持つ入り口になる。

こうした時代の流れは止まらない。「男尊女卑を守りたい」「多様性なんていらない」と政治家が思っていても、そんなのは断末魔の叫びなのだ。

「リベラルは負けた」「ジェンダーは争点じゃない」だの言う人々もいるが「何言ってんの？　調査兵団は未だ負けたことしかないんだよ？」とハンジさんも言っている。

この世界は地獄かもしれないけど、巨人にぱくぱく食われるわけじゃない。だから私は諦める気などさらさらない。

下半身の安定感には自信のある中年として、どっしり腰をすえて、今後も発信していく所存である。

「性が乱れる」に歯茎がめっさ痛いやないか（２０２１年12月1日）

ＪＪ（熟女）は「顔がきれいですね」よりも「歯周ポケットがきれいですね」と言われた方が、テンションが上がるお年頃。

私もフロスと歯間ブラシのW使いで、歯周病予防に努めている。歯と歯茎の健康を保って、ＲＪ（老女）になっても分厚いステーキを食べたいから。

ところがどっこいしょういち、ある朝目覚めたら、歯茎がめっさ痛いやないか。めっさ痛いやないか、歯茎が（倒置法）。

オギャーと歯医者さんに駆け込んだら「歯を強く食いしばったんでしょう」と言われたが、歯を食いしばるほど何かをがんばった覚えはない。

思い当たることと言えば、『子宮頸がんワクチン、8年ぶりに積極勧奨再開　自民の一部「性の乱れ」と抵抗、コロナ追い風に』という東京新聞の記事（２０２１年11月13日）である。

前日にこれを読んで「おのれ……ギリギリ」と歯を食いしばったおかげで、分厚いステーキを食えなくなった。

この恨み晴らさでおくべきか……とギリギリすると、また歯茎が痛くなる。

記事によると、8年ぶりに子宮頸がんワクチンの積極勧奨が再開されたが『自民党内の保守的なグループが、（略）接種が「性の乱れ」につながると長く抵抗していた』という。

この言葉に、髪型をいじられた仗助ぐらい怒髪天を衝いた。

ワクチンを推奨すると、子宮頸がんを恐れなくなった女たちがセックスに奔放になるって理屈か？　頭わいとんかコラ⁇

「ワクチンも打ったし、乱交パーティーとしゃれこもうかしら」みたいな女が激増するとお考えなら、そっちの頭がどうかしている。

日本では年間約３５００人の女性が子宮頸がんで亡くなっている。

また年間1万人以上が子宮頸がんと診断されて、子宮を切除する女性も大勢いる。

一方、ワクチン接種率の高いオーストラリアでは、子宮頸がんは根絶に近づいているという。

女性や少女の命に関わることを、こんなふざけた理屈で反対するなんてマジ万死。

ピルの承認には何十年もかかったのに、バイアグラは一瞬で承認されて「バイアグラが広まると男たちの性が乱れる」なんて声は一切出なかった。

女の体のことを男が決めるこの国では、女の命や体がどこまでも軽視される。

もしこれが陰茎を切除する手術が必要になるがんだったら、ワクチンも一瞬で承認しただろう。

そもそもこれだけ男性向けの風俗が溢れている国で「性が乱れる」ってどの口が言う？

男の性欲はケアしてほしいけど、女が主体的にセックスを楽しむことは許せない、女がセックスする時は命をリスクにさらす覚悟でしろと？

女の性の乱れは心配するけど、性暴力や性搾取についてはガバガバで性交同意年齢も引き上げない、男がセックスする権利だけは守れって？

冗談も休み休み言えオブザデッドやぞ？

それで「女性差別なんてもうない」「むしろ男のほうが生きづらい」だと？

冗談はよし子さんやぞアホボケカス、アホボケカス死ね！！！

と、ギリギリ歯を食いしばったわけである。

「おらこんな村イヤだけど、諦める気はさらさらない」で次のように書いた。

『もし男に対する「妊娠させた罪」があれば、DNA鑑定で父親を特定して責任を負わせる法律があれば、男も本気で避妊するし、緊急避妊薬も薬局で買えるし、経口中絶薬も承認されているんじゃないか』

もし政治家の半分が女性だったら「妊娠させた罪」が作られるんじゃないか。

もし政治家の半分が女性だったら、ピルの承認も子宮頸がんワクチンの推奨ももっと早く進んだだろう。

もし政治家の半分が女性だったら、賃金や雇用の格差、セクハラや性暴力、DVや児童虐待、シングルマザーの貧困、生理の貧困、不妊治療、待機児童問題、保育士・介護士・看護師の賃金アップ、選択的夫婦別姓……といった問題にもっと本気で取り組むだろう。

やっぱり女性の政治家が1割以下ではダメなのだ。

家父長制社会にとって都合のいい女、わきまえた女しか生き残れない、そんな状況を変えるには数を増やすしかない。

数が増えれば「ワクチン接種が性の乱れにつながる」とか抜かすおっさんに「冗談はよし子さんやぞアホボケカス！」と言える。アホボケカスは言わなくても、忖度せずに意見を言える。

半分とは言わない、まずは3割でいい。

とこちらは現実路線で言ってるのに「クオータ制は逆差別」「女性を特別扱いするのはいかがなものか」とか言う男性が多くて白目になる。

しかも「男尊女卑を守るのが俺の使命だ」みたいな右翼おじさんじゃなく「ジェンダー平等に賛成です」という男性がそんな発言をしたりする。

クオータ制とは、今ある差別をなくそう、今が偏っているから直そうというものだ。

男性は徒競走だと思ってるけど、女性の走るコースには障害物がいっぱいあって、その障害物をどけようという話なのだ。

なんでそんな簡単なことがわからないの？　ひょっとしてアホなの？　と聞きたくなるが、性差別の話になるとアホになる男性は多い。

それはそもそも知識がないからだ。知識を得るために学ばないのは「性差別は自分には関係ない」と他人事だからだろう。

そうやって無関心でいられることが、マジョリティの特権なのだ。

たとえば内閣のメンバーはおばさんとおばあさんばっかりで、国会議員の9割が女性で、企業の管理職の9割が女性。

そんな絵面を想像すれば、今が偏りすぎだと気づくだろう。それが逆だと気づかないのは、感覚が麻痺しているからだ。

オギャーと生まれた瞬間から男尊女卑に浸かっているため、性差別が見えなくなってしまう。

それがアンコンシャスバイアス（無意識の偏見）なのだ。なんせアンコンシャスなもんだから、自分ではなかなか気づけない。

この日本で生まれ育って、男尊女卑を刷り込まれてない人はいないだろう。

かくいう私も若い頃は「おまえって男前だな」「女にしておくのはもったいない」みたいな言葉を褒め言葉だと思っていた。「男にしておくのはもったいない」とは言わないわけで、私の中にも「女は男より劣っている」という偏見があったのだ。

「あたしったら、うっかりミソジニー発言しちゃうみそっかす」と気づけたのは、たまたまフェミニズムに出会えたからだ。ブツブツブツ……とフェミニズムの本を読むことで「学び落とし」ができた。

もし20代で田嶋陽子さんや上野千鶴子さんの本に出会わなければ……ゾ〜〜恐ろしい子！　と白目になる。

ノルウェーの児童書『ウーマン・イン・バトル』には、女性たちによる女性たちのための150年の闘いが描かれている。自由と権利を求めて戦った女性の一人、マーガレット・サンガーは1879年アメリカに生まれた。

サンガーの母親は18回の妊娠の末、若くして亡くなった。

労働者が暮らす地域で看護師として働いていた彼女は、母親と同じ運命に苦しむ女性がいかに多いかを目の当たりにしていた。

サンガーは逮捕され投獄されながらも、女性たちに避妊の指導を行い、ピルの開発に成功した。

「自分の身体をコントロールできるようにならない限り、女性は自由とは言えない」

マーガレット・サンガー先輩の言葉である。

私の母は59歳の時に拒食症で亡くなった。拒食症になるのは圧倒的に女性が多いそうだ。

「女は痩せて美しくなければ」と極端なダイエットをして食事をとれなくなった母も、

身体の自己決定権を奪われた女の一人なんじゃないか。

私たちは「女を特別扱いしてくれ」と言っているんじゃない。「人間扱いしてくれ」と言っているのだ。女は男の種を残す機械じゃない、男の性欲を満たす道具じゃない、男の世話をするロボットじゃないと。

「自由であるべきは心のみにあらず!!　人間はその指先1本、髪の毛1本にいたるまで、すべて神の下に平等であり自由であるべきなのだ」

オスカル・フランソワ・ド・ジャルジェ先輩の言葉である。

私は10代の頃からこの言葉を脳内バイブルに刻んでいる。

「あなたたちの中で罪を犯したことのない者が、まず、この女に石を投げなさい」

ヨハネによる福音書第8章のイエスの言葉である。

10代の私は聖書の授業でこの言葉を聞いて「イエス！」と膝パーカッションした。

この世に罪を犯したことのない者などいない。

私自身も無知ゆえに、うっかり誰かを傷つける発言をしてきた。

その反省があるからこそ、「アップデートを怠るべからず」とJJべからず帖に刻んでいる。

この世に間違ったことのない人などいないし、間違ったことのない人しか語っちゃいけないとなると、誰も何も語れなくなる。

私はジェンダーについてみんなと語り合いたい。「性差別や性暴力をなくそう」と声を上げる仲間が増えることを願っている。


余談だが、うっかりミスが増えるのもJJのチャーミングなところだ。

先日も拙者のキンドル読み放題の契約書が5冊分届いて、5冊分とも間違って「代表取締役社長 見城徹」のところに捺印してしまった。

私は見城徹ではなくアルテイシアだ。でも面倒くさいのでそのまま甲と乙の両方に捺印して返送した。

このように日々間違っているので、他人の間違いも気にならない。

当連載の担当さんから、ブレイディみかこさん宛のメールが届いた時も「お疲れ様です、ブレイディみかこです(^○^)」と返信した。

担当さんがげっさ恐縮していたので「よくあることさ、ＪＪだもの」と慰めた。
次は阿佐ヶ谷姉妹宛のメールが届くといいな、と楽しみにしている。

祖母の名は（２０２２年１月１日）

ＪＪは餅を食べるのに若干ビビるお年頃。経験から言うと、タピオカの誤嚥《ごえん》も結構ヤバい。

先日、20代女子から「キューバ危機の時ってどんな感じでした？」と聞かれて「ごめん、その時はまだ生まれてないねん」と謝った。

キューバ危機（１９６２年）の時は生まれてないけど、ベルリンの壁の崩壊（１９８９年）は「ニュースステーション」で見た。

14歳の私は「世界はどう変わっていくんだろう」とドキドキしたが、45歳の私は「世界は少しはマシな場所になったんだろうか？」と考えてしまう。

２００６年、私が30歳だった時の日本のジェンダーギャップ指数は79位で、そこから２０２０年には１２１位まで順位を下げた。その間、フランスは70位から15位まで順位を上げた。

他国が性差別を解消するために努力する中、日本だけ変わらずに置いてきぼりナウである。

しかしヘルジャパンに絶望するだけの日々はつらいので、夜空の星を数えるように、希望を数えてみることにした。

先日、同世代の作家さんが「新刊の担当は新卒の女性編集者で、バリバリのフェミニストなんですよ。彼女を見ていると頼もしいな、時代は進んでいるなと感じます」と話していた。

たしかに「私はフェミニストじゃないけど、性差別には反対です」と前置きせず、「私はフェミニストです！」と宣言する若い女性が増えたと思う。

彼女らからは「どうせ叩かれるなら堂々と名乗ったる」という気概を感じる。

大学生にはジェンダーの授業が大人気らしく、大学教員の友人は「ジェンダーを学びたい、という学生が爆増している。まずは私がしっかり勉強しなきゃ」と話していた。ここ数年はジェンダーやフェミニズム系のコンテンツも爆増している。

また、最近は男性の読者が増えていると感じる。

「妻に勧められてアルさんの本を読みました」と感想をくれたり、夫婦でイベントや講演会に参加してくれる男性も増えた。

男性の記者やライターさんから取材してもらう機会も増えた。

彼らは「男も変わらなきゃいけない」「男こそアップデートするべきだ」と話してくれる。今はまだ一部でも、そういう男性が増えていることに希望を感じる。

「ジェンダーに無関心だったけど、子どもが生まれて意識が変わった」という男性もよく見かける。

友人の兄は「男尊女卑丸」と呼ばれていて、ジェンダーに無関心どころか「女のくせに」と呼吸するように言う兄だったという。

友人いわく「それって父のコピーなんだよね。両親の関係から男尊女卑を学んでミソジニーを刷り込まれていた」とのこと。

そんな兄が娘二人を育てるなかで、医学部の不正入試や痴漢問題にマジギレして「こんな社会はおかしい、変えなきゃいけない」と言うようになったという。

手のひら返しの例文のようだが、そんな手のひらはどんどん返してほしい。

「性差別や性暴力を許さない」と声を上げる男性が多数派になれば、オセロのように社会をひっくり返せると思うから。

空気を読め、長いものに巻かれろ、という同調圧力の強い日本では、声を上げる人が叩かれる。

でも声を上げる人がどんどん増えて「そっちにつかなきゃヤバいかも？」という空気になれば、社会は一気に変わるんじゃないか。

近頃はフェミニズムのフェの字も知らないおじさんから「最近ジェンダーってよく聞くけど、どういう意味？」と聞かれる機会が増えた。2021年の衆院選の後は、特に空気が変わったと感じる。

「ジェンダーは争点じゃない」と言い張る人々もいるが、党首討論でジェンダーの質問が出ること自体が10年前にはなかったことだ。

選挙中は毎日ジェンダーという言葉を耳にしたし、2021年の流行語大賞に「ジェンダー平等」がトップテン入りした。

毎日新聞の記事（2021年12月19日付）によると、衆院選中の全国紙など7媒体で「ジェンダー」の言葉が登場する記事を調べてみると、２０１７年の前回衆院選時の約43倍になったそうだ。

私も中高生向けにジェンダーの授業をする機会が増えたし、子どもたちが熱心に質問してくれる姿を見て「尊い……」と合掌している。


この国ではおじさんのおじさんによるおじさんのための政治がずっと続いてきて、女子どもは人間扱いされていない。自民党内の保守系議員らの抵抗によって、選択的夫婦別姓も同性婚もあれもこれもどれもそれも進まない現状だ。

一方、それに対して「ふざけるな！　冗談も休み休み言えオブザデッドやぞ！」と声を上げる人々も増えている。

その声が大きくなればなるほど、政治家は無視できなくなる。

「家父長制を守るのが俺の使命だ」「ジェンダー平等を阻止するぞ、オー！」みたいな連中の顔色をうかがってるうちに、国民にそっぽを向かれてしまうと危機感を抱く議員も増えるだろう。

だから私は諦めない。黙って俺に従え系の家父長制政治に「なんで黙らなあかんねん、主権者はこっちやぞ、ブオオー！」と法螺貝を吹いていく。

「声を上げることに疲れませんか？」と聞かれるけど、たまに疲れることもある。駅の階段を上るだけで肺が破れそうになるＪＪだもの。

ただ、階段は上りより下りの方が怖い。１段飛ばしで駆け降りる若者を横目で見ながら、手すりをつかんでそろりそろりと……。

なんの話をしてたんやっけ。

そうそう、疲れるけど諦めないのは、地獄を再生産したくないからだ。「地獄のような未来はもうたくさんだ」とトランクスも言っている。

２０２１年のヘルジャパンオブザイヤーな出来事は、妊娠９カ月の女友達が電車で痴漢に遭ったことだ。

「反撃できない妊婦だから狙われたと思うと、悔しくて眠れなかった」

「この社会で子どもを産み育てることが、本当に怖くなりました」

という彼女の言葉に「この世界は地獄だ」とアルミン顔になりつつ「痴漢を駆逐してやる……一匹残らず……！」と瞳孔が開いた。

一方で、別の女友達から「痴漢に遭った時、改札を突破して逃走した犯人をその場に居合わせた男子高校生が1キロも追いかけて捕まえてくれた」という話を聞いて、高校生の正義の心と脚力に感動した。

私にそんな脚力はないが、犯人の動画を撮ったり警察に通報したり、何か協力できることはあるだろう。そうやって「見て見ぬふりをしない人」が増えることで、性暴力をしづらい社会にできる。

ここは天国じゃないんだ、かと言って地獄でもない。いい奴ばかりじゃないけど、悪い奴ばかりでもない。

とブルーハーツは歌っていたが、世界を良くするために必要なのは、いい奴が行動することだ。

世界を悪くするために必要なのは、善人たちの無関心と沈黙だ。

女友達が赤ちゃん連れで飛行機に乗った時、周りのおじさんたちが「赤ちゃんは泣くのが仕事だから気にしないで」と声をかけてくれて、すごくほっとしたという。

こういう話を聞くと「世の中、捨てたもんじゃねえな」と思えるし、人の善意を信じられる。

私も若い頃、電車で貧血になって倒れた時に「どないしたん!!」とおばちゃんたちが寄ってきて「飴ちゃん食べるか?」と黒飴や黄金糖をくれた。

そんな頼れるおばちゃんに俺もなる!!　と決意する、初老の初春である。

初老といえば、同級生の男の子に孫が生まれたと聞いて「孫!!」と飛び上がった。

自分はおばあさんになってもおかしくない年齢なのか……という気づき。

磯野フネさんもおばあさん然としているが、まだ50代である。ちなみにサザエの母校は「あわび女子学園」というらしい。

あわびはさておき、子どもの頃は正月に親戚一同が祖父母の家に集まった。

おばさんたちは台所で働き、おじさんたちは広間で宴会するのを見て「女に生まれるって損だな」と思った。

私の祖母は大正生まれで5人の子どもを産み、10人の孫を持つ大所帯のおばあさんだった。

中学生の時、祖母に「おばあちゃんって名前なんていうの？」と聞いたことを覚えている。

私はその時まで祖母の名前を知らなかったのだ。

祖母の名前を呼ぶ人は誰もいなかったし、郵便物もお歳暮も祖父宛てに届いたため、家の中に祖母の名前は一つもなかった。

彼女も家父長制のもと「娘」「妻」「母」の役割を生きてきて、名前を奪われた女性の一人だった。

祖母が生まれた時代は女性に参政権がなかったし、「女に学はいらない」と言われて学校もろくに通えなかったそうだ。

私が大学に合格した時、祖母はすごく喜んでくれた。その後しばらくして認知症になり、施設に入ったまま亡くなった。

この年になって、祖母ともっと話しておけばよかったと思う。「おばあちゃん」じゃなくて「ハツコさん」の話を聞きたかった。

いま私たちが進学して就職して選挙に行けるのは、「女にも人権をよこせ！」と戦ってくれた先輩たちのおかげである。

参政権を求めて活動した女性たちは「イカれた女たち」とバッシングされながら、時代を前に進めてくれた。

今もフェミニストはバッシングにさらされている。嫌がらせや誹謗中傷を受け、デマを流されたりストーカー被害に遭う人もいる。

「フェミニズムについて発信するのは怖くないですか？」と聞かれるが、もちろん怖くなる時もある。

でも怖くても進むと決めたのだ、先輩たちのバトンを未来につなぐために。

去年の夏、いとこが赤ちゃんを産んだ。私に抱かれた瞬間ギャン泣きした彼女に「安心して大きくなってね」と言える世界にしたい。今よりマシな未来を見るために

長生きしたい。そんな抱負を抱きつつ、餅をよく嚙んで食べる正月である。

ノットオールメンはもう聞き飽きた（2021年12月18日）

10年ほど前、BBC制作のドラマ「SHERLOCK（シャーロック）」にハマって、鹿撃ち帽を買った。鹿を撃つ予定はなかったけど。

俺たちのシャーロックことベネディクト・カンバーバッチは、〝有害な男らしさ〟について「我々男性は態度を改める必要がある」と語っている（ウェブ「ELLE」2021年11月25日付）。

『男性たちは反論し否定し「すべての男が悪いわけではない」というような幼稚な言い訳を口にする。しかしそれは違う。私たちはただ口を閉じ、聞かなくてはならない』

この言葉に膝パーカッションしすぎて、膝が砕け散った。周りの女性陣も「膝が二枚じゃ足りない！」と合唱していた。

膝破壊神カンバッチ先輩が、我々が一番言ってほしいことを言ってくれたからだ。

性暴力や性差別の話になるとバグる男性は多い。我々は男性の言う「ノットオールメン」にうんざりしているのだ。

たとえば、女性が痴漢被害の話をすると「男がみんな痴漢するわけじゃない」と返す男性は多い。

「そんな男と一緒にされたら迷惑だ」とムッとしたり「自分も責められてるようでつらい」と被害者ぶる男性を見るたび、見えている世界が違うんだな……と絶望する。

これが女同士だったら「(痴漢に遭って)つらかったね」と相手の気持ちに寄り添い「おのれ痴漢め許せねえ！」と加害者に対して怒る。

なぜ多くの男性はそれができないのか？

これが「痴漢に遭った」じゃなく「強盗に襲われた」だったら「そんな男ばかりじゃない」なんて返さないだろう。

性暴力の話になると、なぜ目の前の相手に寄り添わないのか？　黙って相手の話に耳を傾けないのか？

なぜ「俺はそんなことしない」と自己弁護に走るのか？　なぜ自分が責められているように感じるのか？

そうした言葉や態度で「そんな話は聞きたくない」と女性の口をふさぐのは、なぜなのか？

それを男性自身に考えてほしいけど、尺もないのでさっさと答えを言うと「男性だから」である。

男性は「性暴力に遭う機会が少ない」「性暴力に怯えて暮らさずにすむ」という特権を持っているからだ。男がみんな性犯罪をするわけではないことなど百も承知だが、現実に性犯罪をする男は存在する。

性犯罪の加害者の95％以上が男性、被害者の90％以上が女性である。

ほとんどの女性が子どもの頃から性被害に遭っていて、ほとんどの男性は性被害に遭ったことがない。

この圧倒的な非対称性ゆえ、同じ感覚を共有するのは難しくても、想像することはできるだろう。

たとえば日本人の男性が欧米で暮らして、アジア人差別を何度も経験したとする。

その話を白人にした時に「すべての白人が悪いわけではない」と言われたら？

「そんな白人と一緒にされたら迷惑だ」とムッとされたり「責められてるようでつらい」と被害者ぶられたら、どう思う？

「いや被害者はこっちやぞ、まずはこっちの話を聞けよ」と思うだろう。

そこで「白人だってつらいんだ」と言われたら「なぜ張り合おうとする？　まずはこっちの話を聞けよ」と思うだろう。

居心地が悪いからって、こっちの口をふさごうとするなよと。

自分はすべての白人が悪いなんて思ってないし、あなたを責めたいわけでもない。

ただ差別に怯えて暮らす現実を知ってほしい。

アジア人というだけで殴られるかもしれない、殺されるかもしれない。誰がまともかなんて見分けがつかないから、こっちは警戒するしかない。

それを「自意識過剰」「気にしすぎ」と責めないでほしい。それでいざ被害に遭ったら「なぜ自衛しなかった」と責めないでほしい。

「アジア人が夜道を歩くから」「派手な恰好をしているから」と被害者のせいにしないでほしい。

人種差別の話になった時に「俺は差別なんてしない」と返すんじゃなく、白人に向かって「差別するのはやめろ」と言ってほしい。

その声はマイノリティの自分が言うよりも届くから。

～ｆｉｎ～

いやｆｉｎじゃねえわ、まだ終わらんよ！　とキャスバル兄貴も言っている。

女性が男性に対して思うことも同じである。

性暴力や性差別の話になった時、男性は居心地の悪さを感じるだろう。それは自分がマジョリティ側にいるからだ。

居心地が悪いという理由で、こちらの言葉を遮らないでほしい。耳に痛い話でも真摯に耳を傾けてほしい。

「そんな男と一緒にされたら迷惑だ」と思うなら、それを被害者じゃなく加害者に言ってほしい。

「性暴力や性差別をやめろ」「そういう男がいるから迷惑するんだ」と男性に向かって怒ってほしい。

加害者がいなければ、性暴力も性差別もなくなるのだ。痴漢がいなくなれば、女性専用車両は必要なくなるのだ。

これは被害者じゃなく加害者の問題なのだ。

それを理解して「我々男性が変わる必要がある」とカンバッチ先輩のように声を上げてほしい。

たとえば、アメリカの大学で白人の男子学生に「白人であること、男性であることは特権だ」と言うと「自分は貧乏暮らしで苦労している、だから特権なんてない」と否定するようなケースが多いという。

特権を持っている＝人生薔薇色でイージーモード、という意味ではない。その人の努力や苦労を否定するものでもない。

〝その属性〟を理由に差別される機会が少ないことが特権なのだ。

男性は女性に比べて、性暴力や性差別に遭う機会が少ない。だから見えている世界が違うけど、人はわかりあえると思うのアムロ。

突然ララァが憑依したけど無視してほしい。ララァがわからない人は周りの年寄りに聞いてみよう。

うちの夫もめっちゃいい奴だが、ジェンダー問題になるとアホになるマンだった。

彼は私と出会うまで恋愛経験がなく、女性との接点が少なかった。性暴力や性差別について無知で無関心だった。

私と出会って一緒に暮らす中で、夫のジェンダー感覚がアップデートしていったのだ。

たとえば「通りすがりのおっさんにマンコって言われた」「すれ違いざまに殴る真似をされた」と私から聞くことで、女性が日常的に加害される現実を知ったという。

また、私はこの世界に対してバチボコに怒っていた。

女というだけで性被害に遭いまくり、女が性被害を訴えると「冤罪」「売名」「枕営業」「ハニトラ」とセカンドレイプにさらされる。

こんな理不尽があってたまるかよ！　冗談も休み休み言えオブザデッドやぞ‼

とバチギレる妻の話を夫はちゃんと聞いてくれた。そこでクソリプを返す男だったらそもそも結婚していない。

そんな怒れる妻は、伊藤詩織さんの話をするたびに泣いていた。

「私たちの世代がもっと声を上げていれば、被害を止められたかもしれない」とオイオイ泣く妻を見て、性暴力を自分事として考えられるようになったのだという。

そう、私たちは一緒に考えてほしいのだ。

どうすれば性暴力や性差別を止められるか。どうすればこの世界を少しはマシな場所にできるか。

そんな思いから「#Active Bystander ＝行動する傍観者」動画を作った。

動画の主人公を加害者でも被害者でもなく傍観者の男性にしたのは、男性に考えてほしかったからだ。「自分はこんなことしない」じゃなく「自分にできることはなんだろう？」と考えてほしかった。

動画を公開した時に「アンチフェミから嫌がらせを受けるかも」と夫に言うと「防衛力を高めよう」と巨大ヌンチャクを購入していた。

夫はベランダで巨大ヌンチャクの練習をしている。たまに自分の足とかにぶつけて「めっちゃ痛い!!」と叫んでいる。

この人やっぱりアホなのかな？　と思うが、ジェンダーについてはアホではなくなった。

今のところ巨大ヌンチャクの出番はないが、アンチフェミからのクソリプはしょっちゅう来る。

この前は「穴需要のないババアの嫉妬」というクソリプが来て「穴需要……アナと雪の需要……レリゴー♪」と歌ってみた。

こっちは「一方的に性的に見るな、氷柱にしてやろうか」と思っているのに、あっちは「女は男に性的に求められたい」と信じている。

見えている世界が違うオブザワールドだ。

「若い女は男にチヤホヤされて得」というのも、勘違いオブザリビングデッドだ。

男性にとってのチヤホヤは、女性にとってセクハラである。

20代女子から「学生時代は男女平等だったけど、社会に出て男尊女卑に殴られました」「セクハラや性差別に遭ってヘルジャパンを実感しました」という声が寄せられる。

会社の飲み会で偉いおじさんの隣に座らされて「若いね」「かわいいね」だの言われたり、偉いおじさんの集まる場に接待要員として連れていかれたり。

偉いおじさんに食事に誘われて「仕事を教えてあげるよ」とマンスプをかまされた

り、欲しくもないプレゼントを渡されたり……。

そういうものすごくウザくてありえないほどダルいことの数々が、一部の男性には「チヤホヤされて女は得」に見えるのか。

あなたたちは女の何を知っているのか。


私たちは若い頃、自分も同じような目に遭ったから知っている。だから若い子を守るために間に入って壁になる。

それであとでこっそり「ありがとうございます」「困った時は言ってね」と会話している。これがシスターフッドである。

それが一部の男性には「若い女を妬んで邪魔するババア」「女の敵は女」に見えるのだろう。

同世代の女たちが集まると「若い頃はおじさんに塩対応できなかったよね」という話になる。

当時は圧倒的な立場の違いから「すごいですねー」と愛想笑いするしかなかった。

でも自分がおばさんになると、おじさんが怖くなくなる。塩対応どころかジャックナイフと化してギザギザ子守唄な対応ができる。

こうしてわきまえない女が爆誕する。

わきまえず自由にレリゴーする女は、彼らにとって脅威なのだろう。だから穴需要のないババアとクソリプを送ってくる。

アナと雪の需要……レリゴー♪（気に入った）

しかしこれが悪口になると思っている時点で救いようのないアホである。

ドントビーザットガイ（そんな男にはなるな）

男性が「Not All Men」と女性に言うんじゃなく、「Don't Be That Guy」と男性に言うようになれば、世界は変わる。

この世界を少しはマシな場所にしたい、多くの男性はそう思っているだろう。

同じ思いを持つ人とは連帯できる。見えている世界が違っても、私たちはつながれる。アナルテイシアはそう信じている。

「＃共通テスト痴漢撲滅」に涙が出たのは（2022年2月1日）

2022年1月14日、大学入学共通テスト前日の夜、「＃痴漢祭り」がツイッターでトレンド入りした。

「共通テストの受験生を狙った痴漢がいるなんて許せない!!」という怒りのツイートが並ぶのを見て「山が動いた……」と昭和生まれの私は涙した。

神戸における「鉄道事業者や県警に対する痴漢対策強化の要請」というアクションは、兵庫県議の喜田結《きだゆい》さん、神戸市議の松本のり子さん、神戸市民のノラさんが行ったものだ。

後日、私は友人のノラさんから「こんなアクションをしたんですよ」と聞いた。

彼女らは兵庫県警と関西の鉄道各社に「共通テスト痴漢祭り」「共通痴漢 初日の成果報告」等のネット掲示板を紹介して、「受験生を狙った加害が煽られている、痴漢対策を強化してほしい」と要請した。

その要請を受けて、県警と鉄道会社が対策強化を決定した。

私はツイッターでこの活動を紹介して「#共通テスト痴漢撲滅」「#受験生を守ろう」と拡散を呼びかけた。

それに多くの方が共感してくれて、拡散に力を貸してくださった。

受験生を守ろうというアクションは、大阪、東京、神奈川、仙台……と広がっていき、警察や鉄道会社が対策強化に乗り出し、新聞等のメディアでも取り上げられた。

2022年1月14日付の毎日新聞の記事が出たことで、「#痴漢祭り」がトレンド入りして、広く周知されることになった。

『「共通テスト痴漢祭り」。テストが近づくにつれ、ネット掲示板にはこのような趣旨の書き込みが散見されるようになった。(略)

神奈川県警は県内54署に対し、試験当日は午前7時半~8時半の間、警察官が管内の駅のホームや改札口に立って警戒するよう呼び掛けた。さらに、駅周辺では赤色灯をつけたパトカーで巡回するよう通知したという。

県警鉄道警察隊は「試験の影響で受験生が被害申告できなくなるような痴漢行為は拡散させてはいけない。全車両に警察官を配置して警備したい気持ちだが、少しでも警戒を強めて痴漢を防ぎたい」と話す』

神奈川県警さん、本気出してくれてありがとう。迅速に記事にしてくれた記者さんもありがとう。

東京都でも共産党都議会議員団が都知事、教育長、警視総監あてに「受験シーズンにおける痴漢加害の防止・被害者の救済」の申し入れをして、対策強化につながった。

「明日はＪＫを痴漢しまくっても通報されない日です」
「試験当日の朝は痴漢がはかどるってマジ？」

こうした加害を煽る悪質な書き込みがネット上に多数存在していた。
「試験当日、自分や友達も被害に遭った」「学生時代、先生に『試験日は痴漢が増えるから気をつけろ』と注意された」「小中学生の頃から塾で注意喚起されていた」といった声がツイッターでも寄せられていた。

この問題が可視化されたのは、世の中の多くの人がバチクソに怒ったからだろう。遅刻できない受験生の弱みにつけこんで痴漢するなんて、許せない。人生を左右するかもしれない受験の日を狙うなんて、卑劣すぎる。ただでさえ緊張している子どもたちが、痴漢に怯えながら電車に乗らなきゃならないなんて……。

吐き気をもよおす邪悪とはッ!!

とみんながブチャラティ顔でガチギレして、リツイートや「いいね」をしてくれたから、このアクションは広がったのだ。

痴漢を駆逐するため、これまでも様々なアクションを行ってきた人たち、その拡散に協力してくれた人たち全員に敬意と感謝を表したい。本当に多くの市井の人々の力が合わさって、この世界が少しはマシな場所になったのだ。

対策強化してくれた警察や鉄道会社にも感謝である。やればできるならもっと早くやってよとは思うが、ディ・モールト・イイネを送りたい。

一方で、喜田さんたちの申し入れに塩対応だった鉄道会社もあったらしく、そのことは一生忘れない。記憶喪失でおなじみのＪＪ（熟女）なので、家の柱に彫りたいと思う。

たとえば某鉄道会社は、痴漢防止アナウンスの要請を「不快に思う乗客がいるから」と拒否したそうだ。

「駅や車内で不審物を見かけたら〜」とアナウンスすると不安に思う乗客がいるからしない、なんて言わないだろう。

もし私がその場にいたら「それを不快に思うのは痴漢でしょう、御社は乗客を痴漢扱いするのですか？　要するに御社は痴漢を軽視してるんですよね？　それは乗客を安全に運ぶという鉄道会社の義務を怠っているのでは？」と冷静に返したいけど、たぶん頭にきて「御堂筋事件の頃から変わらんのかあああッッ!!」と暴れると思う。

だから私がその場にいなくてホッとした。

１９８８年、大阪市営地下鉄御堂筋線の車内で、男二人組が痴漢しているのを注意した女性が逆恨みされ、拉致されて強姦される事件が起こった。

この事件をきっかけに「性暴力を許さない女の会」が結成された。

当時、会のメンバーが鉄道会社に痴漢対策の申し入れをしたが「痴漢もお客様」「不快になるお客様がいる」と、「痴漢」や「性暴力」という言葉を使っての車内放送やポスターの掲示を拒否されたそうだ（参考文献『わたしは黙らない　性暴力をなくす30の視点』）。

その後もメンバーは性暴力問題を訴える活動や被害者のサポート活動を精力的に続けて、多くの実績を残した。

その結果、２０００年以降には女性専用車両が導入された。

こうした多くの先人たちの努力の上に今がある。そのことに感謝して、性暴力を駆逐したい市民の一員としてバトンをつないでいきたい。

ちなみに私は「女性専用車両は男性差別だ」と言う人には「御堂筋事件って知ってます？」と解説して「痴漢がいなくなれば女性専用車両は必要なくなるし、冤罪の不安もなくなる、だから痴漢撲滅に力を合わせましょう」と返している（そもそも電車内痴漢の加害者の99％は男性であり、男性に痴漢するのも男性だから、男性専用車両を作っても男性の被害は防げない）。

神戸での取り組みについて、しんぶん赤旗も記事にしてくれた。記事の中でノラさんの体験談が紹介されている。

『自身もかつて、仕事の成果発表日の朝、電車内で被害にあいました。加害者を捕まえ逮捕にこぎつけたものの、警察の取り調べで再現させられ傷付きました。解放されたのは5時間後。ボロボロの気持ちで挑んだ発表は、酷評されました。

その後も何度も被害にあいますが、我慢しています』

私もこの話を彼女から聞いていた。

がんばって準備した大事な発表だったのに、痴漢のせいで台無しになったこと。本番でうまく話せなくて、指導してくれた先輩にも迷惑をかけてしまったこと。

それがつらくて「あの時、通報しなければよかった」と後悔してしまったこと。犯人は捕まったけど、その後、電車に乗るのが怖くなったこと。犯人が仕返しに来るんじゃないかと思って、何年も怯えて暮らしていたこと。

痴漢に遭った後も被害者の苦しみは続くのだ。

だから未然に犯罪を防ぐこと、痴漢できない社会にすることが必要なのだ。これは社会全体が本気で取り組むべき課題なのだ。

痴漢調査によると、痴漢に遭って通報や報告をしたのは約1割で、9割は「何もしなかった」と答えている。

私も何もしなかった、というかできなかった。子どもの頃から何度も痴漢に遭ったけど、泣き寝入りするしかなかった。

痴漢調査によると7割強が18歳以下、つまり子どもの頃に被害に遭っている。私の初めての性被害は5歳の時だった。

でも当時はそれが性被害だと気づけなかったし、自分が性被害にどれだけ傷ついてきたか気づいたのは、30歳を過ぎてからだ。

自分の傷つきを直視するのがつらくて、ずっと心に蓋をしていた。

だってテレビでは痴漢ネタが流れていて、ネットには痴漢モノのアダルト作品が溢れている。

性暴力を笑いやエロとして消費する文化の中で、感覚を麻痺させないと生きられなかった。

だから自分の被害から目をそらしていたし、周りの大人たちも見て見ぬふりをしていた。

中高と女子校に通っていた時、多くの生徒が痴漢に遭っていたけど、先生たちは何も言わなかった。

もし学校から生徒に「痴漢に遭ったら報告してほしい」と呼びかけて、学校から鉄道会社に対策強化を求めていれば、痴漢に遭う子は減っただろう。

20代、30代の女子たちに聞いても「うちの学校もなんの呼びかけもなかったです」と話していた。そしてみんな痴漢に遭っても、先生にも親にも話さなかったと。

私も友達もそうだった。教室で同級生と痴漢に遭った話をして「ブッコロス！」と叫んだり、あえて茶化して話したりした。

そうやって笑い飛ばすことで「大したことじゃない」と思いたかったから。

私たちは「痴漢なんて大したことじゃない」と刷り込まれてきた。

小学生の時からテレビでドリフが痴漢コントをやってたし、男性タレントが「おまえなんか痴漢に遭わんやろ（笑）」と女性タレントをイジっていた。

痴漢なんて大したことじゃない、いちいち大げさに騒ぐな、と。

メディアがそんな発信を続けていれば、そりゃ日本は世界一痴漢しやすい痴漢天国になるだろう。

海外では「ＣＨＩＫＡＮ」という言葉が知られていて、「日本への渡航者は痴漢に気をつけて」と政府が注意喚起している国もある。

そんなヘルジャパンに暮らす我々は、性被害に遭わないために自衛すると「自意識過剰ｗｗ」と笑われて、いざ性被害に遭うと「なぜ自衛しなかった」と責められる。

痴漢に遭っても先生や親に話さなかったのは「隙があったんだろう」とか「ミニスカートなんて穿いてるから」とか責められるのがイヤだったから。

駅には「痴漢に注意！」と呼びかけるポスターが貼られている。それはまるで「痴漢に遭うのはあなたが不注意だからです」と言ってるみたいだ。

「混雑しやすい車両は避ける」「勇気を出して声に出し、周りの人に助けを求める」といった呼びかけも、トンチンカンすぎてやれやれだぜ。

空いてる車内やホームでも痴漢に遭う。通りすがりに触ってくる奴とか、ピッタリ密着してくる奴もいる。

実際に痴漢に遭った時、多くの人は怖くて動けないし声を出せない。相手は犯罪するようなヤベー奴だし、ヘタに抵抗したら殴られるかも、殺されるかもと思う。

そもそも、なんで被害者が勇気を出さなあかんのか。被害を出さないために加害をさせない、痴漢を撲滅することになんで本気出してくれないのか。

なんでなんでなんで??

子どもの頃からずっと疑問だった。子どもを守るのは大人の役目なのに、なんで本気で痴漢をなくそうとしないの?
なんで痴漢の話になるとニヤニヤする男がいるの?
なんで痴漢コントに笑う人がいっぱいいて、コンビニのエロ本の表紙に「痴漢」「レイプ」とか載ってるの?
なんで大人はそれを見て見ぬふりしてるの?
悔しい、ムカつく、キモい、許せない。

そんな過去の自分の声がようやく少し届いた気がして、アクションの広まりに涙が出たのだと思う。

JJは涙腺のパッキンがゆるむお年頃。だがしかし、俺たちの戦いはこれからだ!

——ご愛読ありがとうございました——

いやまだ終わらんよ。子どもたちが「昔は電車でめっちゃ痴漢に遭ったってマジ?!」と言える未来を目指して、みんなで連帯していきましょう。

男と女、狂っているのはどっち？（２０２２年7月1日）

17年前、交際当時の夫に「私のどこが好きなのか？」と聞いたら「世間に向かって唾を吐いてるところ」という回答だった。

フェミニストはこういう人と付き合うと長続きするんじゃないか。

『僕の狂ったフェミ彼女』（ミン・ジヒョン著）を読んでそう思った。

２０１９年に韓国で発刊されて話題をさらった本作は、日本でもむっさ売れている（うらやましい）。

学生時代に大好きだった元カノと再会したら、フェミニストになっていた!?

というこの小説はげっさ面白いので、ぜひ読んでみてほしい。

私の周りの女性陣は「自分の恋愛を見ているようでつらかった」「スンジュンがリアルすぎてイライラした」「め〜〜っちゃわかる!!」と膝パーカッションを打ち鳴らして、クイーンのライブ会場みたいになっていた。

本作を読むコツは、主人公のスンジュンを脳内で推しに変換することだ。

するとと彼の言動や思考にイライラしても、どうにか許せる。

普通に読むと「このボンクラのどこがいいわけ？」と思ってしまうが、推しに変換すると「好きなのにつらい……」と切なさも味わえる。

私は最愛の推しに変換して読んだが、それでも何度かガチギレそうになった。

スンジュンはごく平均的な一般男性で、けっして悪い奴じゃない。頭も悪くないし可愛げもあるし、見た目やスペックでいうと平均以上だ。

ごく普通の男性の感覚がバグっている、それが日韓の共通点なのだろう。

ジェンダーギャップ指数でいうと韓国は99位、日本は116位（2022年）。両国ともに家父長制的な価値観が根強く、雇用や賃金の男女格差が大きい。

たとえば、スンジュンは「友達の結婚式に行けば、非婚主義とか言ってる彼女も結婚したくなるだろ」「かわいい子どもを見れば、彼女も子ども欲しくなるだろ」と考えている。

あまりの考えの浅さに「脳みそ8ビットか？」とめまいがする。

女性は出産を考える時に「子ども産んでも今の仕事続けられるかな、キャリアはどうなるだろう、保育園には入れるかな、彼は育休取れるのかな、ワンオペ育児になる可能性大かも、妊娠出産するのも怖いし、マタハラやマミートラックも不安だし、日本は教育費も高いし給料も上がらないし、やっぱこの国で子ども産むのはムリゲーかも……」と思考をめぐらす。

一方の彼氏は「息子とキャッチボールとかしたいな〜」とボンクラ発言をして「こいつ何も考えてないな」「やっぱこいつと子育てするのは無理」と彼女は絶望する。そんな彼女に対して「大丈夫だよ、俺も子育て手伝うから！」と笑顔の彼ピッピ。みたいなことが超あるあるで、男女で解像度が違いすぎるのだ。

性差別される側とされない側とでは、見えている世界が違う。

「考えずにすむこと」が特権なので、マジョリティは思考停止して生きられる。だから昭和のファミコンみたいな思考になるのだ。

〝フェミ彼女〟はスンジュンと話しながら、しょっちゅうため息をつく。それは過去の自分を見ているようだった。

〝普通〟に結婚して子どもがほしいと願って、彼女の服装やメイクを気にしたり、つまらない嫉妬をしたり、スンジュンは元彼たちに似ていた。

私がセクハラされた話をすると「アルちゃんは可愛いから」と返すところも同じだった。

彼らは普通にいい人で優しくて可愛げもあって、ついでに条件もよかった。だけどその〝普通〟がしんどかった。

小説を読みながら、元彼たちとの会話を思い出した。

「うちのオカンは姑を介護して看取って偉いと思うよ、尊敬する」

「お父さんは介護しなかったの？」

「えっ、だって親父は働いてたし」

「ハァ……（どこからどう説明すればいいのやら）」

当時は「素敵なお母さんね」と笑顔で返せない自分がダメなのか……と思っていた。過去の私、かわいそう。

今の私なら、家父長制と無償労働についてこつこつ説明するだろうか。

「家父長制のもと、女性は家政婦・保育士・看護師・介護士・娼婦の5役を押しつけられてきたんだよ。

そんなの外注したら月に何十万も払わなきゃいけないよね？　それを全部タダ働きさせられてたわけ。

そうやって経済力を奪われて、家という檻から出たくても出られなかった。女性は自己決定権を奪われて、自分で立てないように足を奪われてきたんだよ」

そう説明したら「いやでもさ、うちの親父はいい奴だし、それに男だって大変なんだよ」と返されて「クソリプすな!!」と投げ飛ばすんじゃないか。

こちらは差別の構造の話をしているのに、あちらは「俺の話を否定された」とムッとする。

スンジュンも彼女のことが大好きで放したくないのに、彼女の話を聞かない。「いやでもさ」とさえぎって、屁みたいなクソリプを返す。

性差別や性暴力について、彼女の方が何万倍も詳しいし考えているのに、マンスプしてくる。

自分の中にあるアンコンシャスバイアス（無意識の差別意識）に気づかない。むしろ自分は女性に優しいフェアな男だと信じている。

そんなスンジュンがあるあるすぎてイライラする女性の共感を呼んだから、本作はごっさ売れているのだろう（うらやましい）。

フェミ彼女を読んだ20代の女の子たちが話していた。

「うちの彼氏もスンジュンですよ。私が性差別や性暴力にキレてると、そんなに怒らないでって言うんです。もっと楽しい話をしようって。女の怒りを抑圧するな!!　と余計キレたくなります」

「結局、彼も怒ってる女を見たくないんですよ。この人も〝女はいつも笑顔で機嫌よく〟を求めているのか……とガッカリします」

「彼も普通に優しくていい人なんですよ。でも話が通じなすぎてイライラして、たまに本気で別れようかと思います」

拙著『フェミニズムに出会って長生きしたくなった。』に収録した対談で、田嶋陽子さんが話していた。

『男性のいい人は、うっかりそのまま生きてると女性差別主義者なのよ。だって男は一番で育てられてきて、女は二番手だと決めた文化の優等生なんだから。普通にいいおじさんの多くは女性差別主義者よ。本人たちはなかなか自覚してないと思うけど。結局は、差別は構造だから。構造だということは、社会の、文化の、隅々にまで行き渡っているということ。例外はないの』

スンジュンに「僕のこと恨んだ?」と聞かれた彼女はこう返す。

「イライラはしたよ。でも全部あんたのせいってわけじゃない。ただ何も考えずに、適応して育ってきただけでしょ。そういうふうに考えることでなんとか耐えてた」

自分は普通のいい人だ、女性に対して優しいし……と思っている男性は、自分の心に問いかけてほしい。

なぜ怒っている女性を見たくないのか？　なぜ女性の話を黙って聞かないのか？　なぜ彼女との話し合いから逃げるのか？

それは〝いつも笑顔で機嫌よく、男を癒してケアしてくれる〟理想の女性像を押しつけているんじゃないか？

男にとって都合のいい女を求めているんじゃないか？

この文章にドキッとした人は『僕の狂ったフェミ彼女』を読んでほしい。

そして、スンジュンに共感する自分は無自覚なセクシストなのでは？　と問いかけてほしい。


ここで「よし、読んでみよう！」と思ったあなたは、たぶん大丈夫。ナチュラルに刷り込まれたミソジニーを学び落とせるだろう。

ここで「面倒くさいな、ていうか男がみんな悪いわけじゃないし、なんで男ばっかり責められるわけ？」と思ったあなたは「ノットオールメンはもう聞き飽きた」（219ページ）を読んで、出直してきてほしい。

フェミ彼女を読んだ女友達がこんな感想を送ってくれた。

『我が最愛の彼氏は3年前までジェンダーの話をすると「僕は理解してあげようとしてるのに、いつもいつも論破しないでほしい」とか言い返してきて、私はいつもキレ散らかして、何度もぶつかりました。でもそこからフェミニズムやジェンダーの本を読んで、めっちゃ勉強してくれました。

先日『僕の狂ったフェミ彼女』を読んだ彼氏が「タイトルが間違ってる！　これって『僕は狂ったセクシスト』やん」と言ってて、ほんまに人は変わるなと。

今では「これって女性差別やん！」と一緒に怒ってくれて「ジェンダー知らんと差別主義者になってたと思う、怖い」と話す彼氏に、愛しかないです』

尊い……世界はそれを愛と呼ぶんだぜ（合掌）。

昭和のファミコンだった彼氏が最愛のフェミ彼氏に変わったのは、真摯に学ぶ姿勢があったからだ。

「ジェンダー知らなきゃヤバい時代がやってきた⑤」（70ページ）で次のように話した。

『アル：（まずは）「自分が知らない、ということを知ること」が大切です。ソクラテスの「無知の知」ですね。自らの無知を自覚することが、真の認識に至る道であるという教えです。

モブさんみたいに「知らないから教えて」と言えるおじさんは希少種なんですよ』

また彼が話し合いから逃げなかったこと、彼女がぶつかり合いを避けなかったことも大きいだろう。

〝フェミ彼女〟とスンジュンもそれができていれば、結末は違ったんじゃないか。

フェミ彼女を読んだ後、うちの夫に「妻がフェミニストなのはどういう気持ちか？」と聞いたら「痴漢撲滅アクションなどの社会活動をしたり、社会や政治に対して怒っているのは素晴らしいと思う」という回答だった。

彼は怒る女にビビらない男だ。そんなアナル&ガッバーナな精神に惹かれて結婚した。

だいたいスンジュンはケツの穴が小さすぎる。怒る女にビビるのは、脅威に感じて怖いからだろう。

私が一番ムカついたのは、彼女が弱った時ほどスンジュンが嬉しそうなところだ。「頼りになる彼氏だとアピールできる」と彼女のピンチをチャンスと喜ぶなんて、おまえの脳みそは肥溜めか？　としばき回したくなった。

スンジュンは「守りたいんだよ」とか言ってるが、それは自分を脅かさない弱い女、自分で立てない無力な女でいてほしいからだろう。

私は「きみのことを守りたいんだ〜フンガフンガ♪」みたいな曲を聞くと「何から？　どうやって？」と思う。

べつに守ってもらわなくていいから、ちゃんと話を聞いてほしい。「女」じゃなく「一人の人間」として尊重してほしい。

スンジュンは「偏った思想に洗脳された彼女を救い出す！」とヒロイズムに酔って

いる。「昔は普通の女の子だったよな」「昔の彼女に戻ってほしい」と願っている。

『私は、あなたの想い出の中にだけいる女。
私は、あなたの少年の日の心の中にいた青春の幻影』

スンジュンにはメーテルのこの言葉を贈りたい。メーテルがわからない人は周りの年寄りに聞いてほしい。

スンジュンの言う〝普通の女の子〟は、男にとって都合のいい女、男社会に適応してわきまえた女だ。

檻の中に閉じ込められても文句を言わず、主人に尽くして、いつも機嫌よく笑っている女だ。

「わきまえてたまるかよ！　我慢は限界タイムズアップ!!」と檻をぶち壊して、フェミニストに変身した彼女は、痛みを感じることも多いだろう。

でも殴られても痛くないふりをして笑っているよりは、ずっとマシなはず。

自由を手に入れた喜びがあるはず。〝自分〟を生きている実感があるはず。

「将来、旦那も子どももいなかったら寂しいんじゃないの?」とスンジュンに聞かれて、彼女はこう返す。

「その代わり、私がいるはず。たぶんね」

自分が自分でいるために、〝普通の女の子〟は〝狂ったフェミ彼女〟になったのだ。

「だけど傷って、じっとしてれば勝手に治るもんじゃないんだよ」

「世の中が私をフェミニストにするんだよ」

この小説を読んで、彼女の言葉に耳を傾けてほしい。そして「男と女、狂っているのはどっち?」と考えてみてほしい。

次世代の男の子たちをミソジニー沼から守るため（2022年2月18日）

「次世代の男の子たちをミソジニー（女性蔑視）から守るために、どうしたらいいんだろう？」

同世代の友人たちとよくそんな話をしている。

私には甥も姪もいないが、若い男の子を見るとイマジナリー甥っ子のような気分になり、お年玉とかあげたくなる。

少し前に某男子校でジェンダーの授業をした時も「みんな幸せになってくれよな……」と涙が出そうになった。

JJ（熟女）はあらゆるパッキンがゆるむお年頃。チーターの赤ちゃんの動画にも「尊い……」と涙ぐむ日々である。

拙著『フェミニズムに出会って長生きしたくなった。』にも書いたが、著名なフェミニストの友人は誹謗中傷や嫌がらせをしょっちゅう受けている。

彼女が「この男の人、毎日のようにメールしてくるのよね」と見せてくれたメールには「おまんこおまんこおまんこおまんこ」と800個ぐらい並んでいて、脳みそ8ビットか？　とめまいがした。

「どれだけ暇なんや」と呆れる私に対して、彼女は「この人も生まれた時はまっさらな赤ちゃんだったはずなのに。なんでこんなふうに育っちゃったんだろう？　と考えると可哀想になる」と言っていて「菩薩かよ……」と手を合わせた。

ネット上で女叩きやフェミ叩きを「遊び」にしている男性たちが存在する。その界隈では、女性に対してひどい発言をすればするほど「よっ、さすが！　ヒューヒューだよ！」と仲間内で称賛されて、承認欲求が満たされるのだろう。女性を言葉でぶん殴ることで「俺は強い男だ」と優越感に浸れるのだろう。彼らが集団いじめを楽しむ様子を見ると「てめえらの血はなに色だーっ!!」と南斗水鳥拳がさく裂しそうになる。

ほとんどの良識ある男性は、同じように感じるだろう。であれば「そういうのはやめろ」と彼らに向かって言ってほしい。

骨の髄までミソジニーの染みついた男性は、女の言葉は聞かないけど、男の言葉にはひるむからだ。

昔、大阪北新地のクラブで働いていた女の子が話していた。

男の団体客の中には、どれだけホステスさんにひどいことをできるか競い合う連中がいたそうだ。

彼らはホステスさんのストッキングを破ったり、グラスにペニスを突っ込んだりして、爆笑しながら盛り上がっていたという。

女性を集団でいたぶって楽しむ加害行為。それをリアルでしたくてもできない連中がネット上でやっているんじゃないか。

私もアンチフェミから屁みたいなクソリプを投げられるが「こいつリアルでは絶対こんなこと言う度胸ねえんだろうな」と思う。

面と向かって女性に嫌がらせはできないけど、ネット上なら好き放題できる。

匿名だから訴えられないだろうとナメてるし、「直接殴ってるわけじゃないし」と罪の意識もないのだろう。

けれども、言葉の暴力は人を殺す。ネット上の誹謗中傷やデマに追いつめられ、命を絶ってしまう人もいる。

身体的な暴力は罪に問われて当然なのに、言葉の暴力が放置されるのはおかしい。言葉の暴力を許さない社会にするべきだ。

と声を上げる人々が増えたことで、オンラインハラスメントに関する法律も変わる動きがあるという。

誹謗中傷やデマを垂れ流す人々には「首を洗って待っていろ」と言いたい。

あとツイッタージャパンは仕事しろと言いたい。

「嫉妬」という漢字は女偏だが、ミソジニー沼の住人たちを見ていると、男の嫉妬の方が恐ろしいと思う。

ミソジニー沼はリアル社会にも存在する。

女性陣にヒアリングすると「会社で成績を上げると『女は得だよな』とか男の同僚

に陰口を叩かれる」「リーダーに抜擢された時に『あいつは上司と不倫してる』とデマを流された」といった意見がごまんと寄せられた。

女のくせに俺より優秀なんて許せない、生意気な女をこらしめたい。

そんな嫉妬心から集団で女叩きをする、ミソジニーとホモソの悪魔合体である。

ゲロ以下の臭いがプンプンするぜッー!!

スピードワゴン顔で強調しておくが、女の敵は女でもなければ、男でもない。

アンチフェミは「フェミニストは男の敵」と喧伝しているが、フェミニストの敵はセクシスト（性差別主義者）である。

古よりフェミニストは「男嫌いのババア」とレッテル貼りされてきたが、フェミニストが憎んでいるのは「男性」ではなく「性差別や性暴力」であり、その構造やそれに加担する人々である。

アンチフェミは「男VS女」「オタクVSフェミ」的な対立を煽っている。彼らにとってはそれも「遊び」「祭り」なのだろう。

そのためになりすましのフェミ垢をこさえる輩もいて「どれだけ暇なんや」と呆れ

るが、人間よ、もう止せ、こんな事は。

人類の半分を憎んで生きるのはつらいだろう。ミソジニー沼から脱出した方が幸せになれるだろう。

と私が言ったところで、彼らは聞く耳持たないだろう。

スケキヨポーズで沼にずっぽりハマった人間が、ミソジニーを「学び落とす」のは難しい。

だからやっぱり、次世代に刷り込まないことが大切だと思う。

オギャーと生まれた瞬間からミソジニーな人間はいない。成長する過程のどこかで刷り込まれてしまうのだ。

親や周囲や社会からの刷り込みもあるし、メディア、特に今はネットからの刷り込みが強いだろう。

私は子どもを被害者にも加害者にもしたくない。次世代のために差別のない社会を目指すことが大人の責任だと思う。

だからネット上の女叩きを「遊び」と軽視してはいけない。

1989年、マルク・レピーヌという25歳の男がモントリオール理工科大学に武装して侵入し、教室にいた男子学生と女子学生を分離させ、女子学生に向かってこう言った。

「お前たちはみんなフェミニストだ、俺はフェミニストが嫌いだ」

彼はその場で女性6人を殺し、その後さらに8人を殺したのちに、ライフルで自殺した。

レピーヌは同校に志願したが不合格となっており、彼の遺書には「自分の人生がだめになったのはフェミニストのせいであり、男性から職を奪うことになるため、女性はエンジニアになるべきでない」という考えが述べられていた。

2014年、エリオット・ロジャーという22歳の男がカリフォルニア州で6人を殺害したのちに自殺した。

事件の前にロジャーが遺した文書には、「生まれてこのかた童貞の苦しみ」に耐えなければならない自己嫌悪と屈辱が綴られていた。

また事件の数時間前に投稿した動画では、このように語っている。

「僕を拒否し、見下し、クズみたいに扱いながら、他の男に身を捧げた女全員。僕より楽しい生活をして、セックスしている男全員。おまえら全員を憎む。おまえらにふさわしい罰を下すのが待ちきれない。全員抹殺だ」(参考文献『ボーイズ　男の子はなぜ「男らしく」育つのか』レイチェル・ギーザ著)

著者のレイチェル・ギーザはこのように書いている。

『もちろん、男性がみんな暴力的であったり、憎悪を抱いているわけではない。しかし、ロジャーのような「思い通りにならない女性を罰したい」という願望は珍しいものでもない。

フェミニストで哲学者のケイト・マンは「しばしば女性嫌悪は、女性をその立場から引きずり下ろし、もとの低い立ち位置に戻したいという欲求から生まれている。そのため、より高いところに到着した女性ほど、そのぶん大きな転落を求められる」と考察している』

これを読んで「め〜〜〜っちゃわかる！　ギーザ先輩‼」と膝パーカッションした。そうなのだ。ほとんどの男性は良識のある善人で、こんなヤベー事件を起こしたりしない。

一方で「俺が不幸なのは女のせいだ、俺の権利が不当に奪われている、だから女に復讐してやる」と逆恨みして、凶悪事件を起こす男性がいる。

彼らの認知の歪みこそが、男性優位社会の産物である。これは社会全体で考えるべき問題であり、男女で分断している場合じゃないのだ。

海外ではインセルによる凶悪事件の連鎖が社会問題になっている。

トロントでは「インセル革命はすでに始まっている！　最高紳士エリオット・ロジャー万歳」と投稿した男が車で通行人に突っ込み10人を殺害した。

エリオット・ロジャーは、インセルコミュニティで崇拝され英雄視されている。ネットでインセルコミュニティに出会うことが、ミソジニーを強化すると指摘されている。

そんなの外国の話でしょ？　と目をそらしている場合じゃない。

2021年8月に起こった小田急線刺傷事件の加害者の男は「6年ほど前から、女を殺したいという感情が芽生えた」「出会い系で断られたりして、幸せそうな勝ち組の女を殺したかった」などと供述している。

第二のマルク・レピーヌやエリオット・ロジャーを生まないために、男の子たちがミソジニー沼にハマらないために、自分たちに何ができるか？

それを社会全体が真剣に考えるべきだろう。

そのためには、ネット上の女叩きを「遊び」と軽視せずに「そういうのはやめろ」と声を上げることが大切だ。

と言いつつ、私もネット上のミソジニー発言に慣れてしまって「また道にうんこ落ちてるわ」ぐらいにしか思わなくなっていた。

「俺がどくのは道にうんこが落ちている時だけだぜ」とジョセフはかっこよくキメていたが、うんこを踏まないように避けるだけでは、うんこは永遠になくならない。

だから「道にうんこするな！」とみんなで声を上げよう。一人一人が声を上げれば、小さな声が集まって大きな声になる。

そうして狼煙《のろし》が上がれば、無関心だった人も「あの煙なんやろ？」と気づいてくれる。ちなみに狼の糞を燃やすと煙が高く上がることから「狼煙」と呼ぶようになったそうだ。私も山で遭難した時はうんこして火をつけようと思ったが、うんこを乾燥させている間に死ぬんじゃないか。

いつまでうんこの話をしているのか。私がよく引用する、エマ・ワトソンが国連スピーチで話した言葉がある。

『悪が勝利するために必要なたった一つのことは、善良な男性と女性が何もしないことである』

つまり、善人たちの無関心と沈黙である。この言葉を胸に刻みたいし、棺桶の蓋の裏にも彫りたい。

ちなみに父が死んだ時、葬儀屋さんに「棺桶に何か入れますか？」と聞かれて「サツマイモとバターを入れます」と言いそうになったが言わなかった。口を開けばうんこと口走る私も大人になった。

私は大人の責任として、沈黙する善人にはなりたくない。次世代のために、この世界を少しはマシな場所にしたい。

そんな思いを持つ人たちとは連帯できる。みんなでサツマイモを食べて巨大な屁をぶっぱなし、男女の対立を煽る声に対抗しよう。

RBG先輩、私もあなたのように闘いたいです（2022年3月18日）

「自分が大切にしているもののために闘いなさい。でも、他の人がそれに賛同するような闘い方をするのです」


偉大なるフェミニスト、RBG先輩の言葉である。

ルース・ベイダー・ギンズバーグは、アメリカの連邦最高裁判所の女性判事として、男女平等を求めて数々の裁判を闘った。

「RBG」の愛称でフェミニストのアイコンとなった彼女は、2020年、87歳でこの世を去った。

先輩はいくつもの名言を残したが、私が指針としているのがこの言葉である。

「他の人がそれに賛同するような闘い方をするのです」

なぜなら、そうしないとフェミニズムが前に進まないから。

RBGは戦略家である。諸葛亮孔明タイプのフェミニストと言えるだろう。映画『ビリーブ　未来への大逆転』でも描かれていたように、彼女は数々の歴史的裁判に勝利した。

その発端となったのが、「独身の男性だから」という理由で、母親の介護費用控除の申請ができなかった男性の裁判だった。

「男は仕事、女は家庭」というジェンダーロール（性役割）、女性にケア労働（家事育児介護）を押しつける女性差別は、男性差別にもなりうると訴えたのだ。

それは女性差別について訴えても聞く耳を持たない男性たちに「聞く耳を持たせる」ための戦略だった。

映画の中では、男性の裁判官や弁護士が「女が消防士になれるか」「女が兵士になれるか」とヤジを飛ばす。

「今は女性の消防士も兵士もおるぞコラ‼」と時空を越えて殴りたくなる。

そんな時代に性差別の問題を理解させて注目を集めるため、あえて女性差別ではなく男性差別から駒を進める。

その戦略は功を奏して、性差別的な法律は男性も苦しめると国に認めさせて、「性差別をなくそう」と狼煙を上げる結果につながった。

まさにケンカに負けて勝負に勝つ戦略である。

アル天丸もかくありたい。

性差別をなくすためには、男性も巻き込むことが必要だと思うから。

女性差別について訴えると「男だってつらい」という声が上がる。

「職場でのヒールの強制をやめよう」と訴える#KuToo運動に「男だってネクタイがつらい」と声が上がったように。

その生きづらさを我々に強制しているのは誰なのか？　そのルールを作ったのは、男社会で意志決定権を持つおじさんたちじゃないか。

だったら共通の敵に向かって声を上げればいい。

「男もつらい」「女はずるい」と農民同士で殴り合って何になる。みんなで一揆を起こそうぜ！　年貢がつらけりゃ、みんなで地主を倒そうぜ！

今から一緒にこれから一緒に殴りに行こうかYAH YAH YAH!!

と私は連帯を呼びかけたい。そうしないと、フェミニズムが前に進まないから。

古よりフェミニズムはバックラッシュの歴史である。

男尊女卑な社会であればあるほど、フェミニストは叩かれる。フェミニズムの波が来ると、それを潰そうとする波が来る。

現在は第4波フェミニズム（SNSを使った新しいフェミニズム）と呼ばれていて、ネットでフェミ叩きが盛り上がっているのも「山が動いた」証拠である。

この動きを一過性のムーブメントで終わらせたくない。そのためにフェミニストに対する誤解を解いて、ポジティブなイメージに変えていきたい。


先日、某男子校でジェンダーの授業をした時に改めてそう思った。

高校生たちは熱心に授業を聞いてくれて、質問もいっぱいしてくれた。

そして授業後のアンケートで一番多かった感想は「フェミニストのイメージが変わった」というものだった。

「フェミニストに対して〝男嫌いの過激な女性〟というイメージを持っていました。よく知らずに誤解していた自分を反省しました」といった感想ももらって、アル天丸は涙した。

周りに生身のフェミニストがいないと、ネガティブなレッテル貼りを信じてしまう。ネガティブなレッテルが貼りついたままだと、フェミニストの数も増えづらくなる。

最近、若い女性から「堂々とフェミニズムの話をしたいけど、バッシングが怖くて隠れフェミニストとして暮らしてます」といった感想をよくもらう。

迫害を恐れて隠れなきゃいけない状況だと、フェミニズムのバトンが次世代につながらない。

だから私はフェミニストのイメージを変えたいし、フェミニズムを火中の栗にしたくない。

フェミニズムを火中のうんこにしたくない。

わざわざうんこと言い直したのは、うんこと言いたいのもあるが、私はうんこを燃料にして狼煙を上げたいからだ。

老廃物も無駄にしない、ＳＤＧｓの心である。

「フェミニズムって面倒くさそう」「怖そうだし近づかないでおこう」と火中のうん

こにしてしまうと、フェミニズムの狼煙が上がらない。

無関心な人にも「あの煙なんやろ?」と気づいてもらうために、私はみんなに届く言葉で伝えたい。RBGのように、他の人が賛同するような闘い方をしたい。

一方で強調しておくが、これはあくまでアル天丸の闘い方である。


足を踏まれ続けてきた側が「足をどけていただけませんか?」と丁寧に言っても聞いてもらえなければ「痛いんだよ! 足をどけろよ!」と怒って当然だ。

その抗議に対して「怒るな」「言い方を考えろ」と言うのはトーンポリシング(※社会的な問題に上げられた声に対して論点をずらし批判すること)であり、相手の口をふさぐ行為である。

闘い方は違っても、性差別や性暴力を許さないフレンドとは連帯できる。

私はフレンドの数を一人でも増やしたいのだ、こんなんなんぼあってもいいですからね。

だから男性にもフェミニズムに興味を持ってほしいし、男性ともフェミニズムについて語りたい。

昨年の3月は、国際女性デーの企画のオファーを多数いただいた。そのひとつとして、FM802の番組でフェミニズムについて次のように話した。

「フェミニストは『男の敵』『男嫌い』とレッテル貼りされてきたけど、フェミニストの敵はセクシスト（性差別主義者）です。フェミニストが憎んでいるのは『男性』ではなく『性差別や性暴力』であり、その構造やそれに加担する人々です」

「女の子はピンク、男の子はブルーと二つに分けるんじゃなく、いろんな色が存在するカラフルな社会。みんな違って当たり前、が当たり前の社会。誰も排除されない、みんなが共生できる社会を目指すのがフェミニズムです」

このラジオを聞いたリスナーの女性がこんな感想を送ってくれた。

「夫と一緒に聞いてたんですが、番組が終わった後に二人でフェミニズムについて話もできたし（いつもはお互いあまり触れないようにしている）、すごく良い機会になったな……と感謝ひとしおです」

この言葉にアル天丸は涙した。アル天丸は中年なのでパッキンがガバガバなのだ。

RBGもフェミニズムについてこう語っている。

「フェミニズムをシンプルに言い表せば、マーロ・トーマスの歌『Free to Be……You and Me(あなたも私も、何にでもなれる)』だと思います。女の子も自由に医者や弁護士になれる。なりたいものになれるのです。人にものを教えたり、子どもの世話をしたりするのが好きな男の子がいても構わない。人形が欲しいと思ってもいい。人間が作った壁に阻まれることなく、みんなが自分の才能を自由に伸ばすべき。それがフェミニズムなのです」

この言葉にスタンディング膝パーカッションだ。

フェミニズムはみんなを自由にするもの。だからみんなでジェンダーの壁をぶち壊そう。

男性がフェミニズムについて語ると「当事者じゃないくせに」「差別してきたマジョリティ側のくせに」と責める人がいるが、そういうのはもうやめよう。

私も以前、同性婚を認めるべきだとコラムに書いた時に「部外者は黙ってろ」とリプがついた。

私は「黙らないもんね〜だっふんだ」と気にしなかったが、当事者以外は発言しちゃいけないのか、と委縮する人もいるだろう。

そんなことやってると運動が広がらないし、当事者の首を絞めることになる。

むしろ当事者には声を上げづらい人も多いのだから、当事者以外が積極的に声を上げるべきだろう。

女性差別についても、男性こそ積極的に声を上げてほしい。男尊女卑が染みついたおじさんは、女の話に耳を貸さないからだ。

ＲＢＧが生まれた時代は、男尊女卑が今よりずっとひどかった。

１９５６年、彼女がハーバード大学のロースクールに入学した時、５００人の学生の中で女性はわずか9人だった。

映画でも描かれていたように、学長のおっさんは彼女の言葉に耳を貸さず「男子学生を押しのけてまでキミたちが入学した理由はなんだね？」とクソみたいな説教をしてくる。

私だったら学長の机にうんこして火をつけて退学になると思う。

その後、ＲＢＧはコロンビア大学のロースクールに編入して首席で卒業するが、「女だから」という理由で法律事務所に雇ってもらえない。

私だったら「もうや〜んぴ」と投げ出しているが、先輩は粘り強く努力を続けて、１９９３年、史上２人目の女性最高裁判事となった。

そして生涯を通して、女性やマイノリティの権利のために闘い続けた。

「『最高裁判所に何人の女性判事がいれば十分か？』と聞かれることがあります。私が『９人』と答えるとみんながショックを受けます。でも９人の判事が全員男性だった時は、誰もそれに疑問を抱かなかったのです」

「女性は意思決定が行われる、すべての場所にいなくてはなりません」

ＲＢＧの言葉は女性や少女たちを勇気づけた。

彼女がこの世を去った時は、多くの著名人が追悼のメッセージを送った。いずれも胸熱なので、詳しくは「ＥＬＬＥ」の記事（２０２０年9月22日）を見てほしい。

ミンディ・カリング

「ワクワクしながら子どもに説明することができる学者であり愛国者、それがルース・ベイダー・ギンズバーグでした。『わからないわよ、あなたもいつか彼女のようになれるかも』と言われるような人でした。ＲＢＧ、ゆっくりと眠れることを祈っています。あなたはきっと世界を変え続けることに疲れたはずだから」

ケイト・マッキノン

「多くの人にとってギンズバーグ判事は生きるスーパーヒーローでした。希望の導き手、正義の闘士、ローブを着た十字軍兵士であり、私たちを幾度となく窮地から救ってくれました」

ジュリア・ロバーツ
「RBG。私たちの羅針盤になってくれてありがとう。#truenorth（本当の北極星）」
ニコール・キッドマン
「安らかに眠って、比類なき女性。ありがとう。私たちがあなたの仕事を引き継ぎます」
RBGは「女の子もヒーローになれる」「あなたも私も、何にでもなれる」というお手本を見せてくれた。次は私たちがバトンをつなぐ番だ。
私も迷った時は「RBGならどうするだろう？」と自分に問いかけたい。

特別対談　せやろがいおじさん×アルテイシア

芸人であり、男性であるという一見マッチョ&マジョリティを代表するような肩書きながら、政治のことやジェンダーのことなど、身の回りの「それっておかしくない？」を独自のスタイルで面白く伝えている、せやろがいおじさん。今回は「男女はどうすればわかりあえるのか」「男性はどうすれば変われるのか」をテーマに爆笑対談をお届けします。

「本当は前からアウトだった」

アルテイシア（以下アル）　せやろがいさんはお笑い芸人という立場でジェンダーや政治について発信していて、それがすごく面白くて支持されていることに、私はエンパワメントされてます。お笑いを目指す若い人も勇気づけられますよね。

お笑いやエンタメの世界って、感覚が昭和どころか奈良時代？　みたいな人も多いじゃないですか。高床式住居に住んでるみたいな。そういう「ポリコレを気にしてたら面白いことでけへん」とか言う人に限って、つまらないですよね。「いや面白いことできるよ」というのを、せやろがいさんが証明していると思います。

せやろがい（以下せや）　ありがとうございます。お笑いって、ちょっとカッコつけるようですけど、自由なところが一番の魅力だなと思っていて。最近スタンダップコメディをやり始めて感じるところなんですけど、政治風刺、社会風刺もバンバンやると。触れちゃいけない話題なんかなくて、自分が思ってることや考えてることを自由にジョークを交えながらしゃべるという、この自由さが魅力なわけで。**ただ自由にやった結果、誰かが不自由になるようなことにはなりたくないなと。**「いや、そんなこと言ってたらお笑いできないよ」という人は「あっ、やっちゃってるな」みたいになってる気はしますね。

アル　燃えるべきものが燃える時代になりましたよね。一般の人々の感覚がアップデートしていて、時代が進んだぶん、時代遅れな人が目立つようになってると思います。

せや　SNSというツールが普及したことでみんなが気づいたというだけで、どの時代にもその発言をイヤだと思う人、傷つく人はいるんだぜ、というのは言いたいですよね。

アル　「最近はこういうのアウトだから」とか言うけど、本当は前からアウトだったんだよって話ですよね。たとえば、サマソニで日本人アーティストが海外アーティストを茶化すような言動をしたことが話題になりましたよね。アメリカでアジア系差別と戦う曲を歌うバンド、リンダ・リンダズの12歳〜17歳のティーンたちが一生懸命覚えたであろう日本語のMCを真似してイジるとか。性的搾取やルッキズムに抗議のメッセージを発信するバンド、マネスキンの女性メンバーのニップレス姿を真似してイジるとか。そんな「俺たち面白いだろ？」的なホモソノリ、昭和のおじさんムーブを端的にダサいと感じたんですけど、どうですか？

せや　一緒にトークライブツアーを回った、アメリカでスタンダップコメディアンをしているサク・ヤナガワのネタを見ても、そういうことを考えさせられますね。

アメリカって多様な人種がごちゃ混ぜになっていて、マジョリティとマイノリティ、今自分はどの立場なんだろう？　と考える機会がすごく多い。自分が無自覚に差別的な言動をしてしまったり、逆に自分が差別をされてイヤな思いをすることもたくさんあると。

一方、日本はこれまで多様性がなかった国、誰もが同じような価値観をよしとしてきた国で、それ以外の価値観は排除や揶揄される対象だったり、それこそお笑いのネタとして消費される対象だったり。

今は外国人労働者の方も増えてきたり、多様なルーツを持つ人たちが集まってきている。この変化に対応するために、日本人は自分のマジョリティ性やマイノリティ性を考える経験をしないといけないんだろうなと。

アル　そうですね、**差別はたいてい悪意のない人がするんですよね。**だから批判されたときに「悪意はなかった」「差別する意図はなかった」というのはウソじゃない。でもそっちに踏むつもりがなくても、踏まれた側は痛いんですよ。じゃあなぜ踏んでしまったのかというと、不勉強なんですよ。差別について知らないから、知識がないからやっちゃうわけで、じゃあなぜ不勉強かというと、差別の問題に興味がないからですよね。社会に影響力を持つアーティストとして、それでいいのか？　と思うんです。彼らも音楽を通して世の中を良くしたい、人々をエンパワメントしたいという気持ちはあるんでしょう。それなのに差別について学ばないのは矛盾しているし、単なる怠慢ですよね？

せや　たしかに、みんな知らないことっていっぱいあるじゃないですか。アルさんも書いてるように、まずは自分が知らないことを認めて、知るために努力をする。そのうえでどんな発信をしていくかが大事だと思いますね。

アル　発信して叩かれるのが怖い気持ちはわかるんですけど。私もクソリプでクソまみれになるのが日常茶飯事なので。

男は男の話しか聞かない

せや　今、ネット上でフェミニズム叩きがえげつないじゃないですか。性差別や性暴力について女性が発信すると叩かれるけど、同じことを男性が言うと叩かれない。そういう現状があるからこそ、女性にばかり言わせていてはいかん、みたいな気持ちになるんですよ。同じように思ってる男性もちゃんといるぞと。

アル　ミソジニーが染みついた男性は男性の話しか聞かないから、男性にこそ声を上げてほしいです。せやろがいさんみたいな人が増えてほしいですよ。

せや　これだけ女性たちが必死に声を上げているのに、男は男の話しか聞かない。ほんと歯がゆいところですよね。

アル　歯がゆいのもクソリプも慣れっこなんで（笑）。男性には使える特権は使ってほしい、それを正しい方向に使ってほしい。サマソニの話だと、ＳＩＲＵＰさんのＭＣが素晴らしくて。「夫婦別姓も同性婚もやったほうがええやん。マイノリティが声を出していかなきゃいけないんじゃなくて、そうじゃない人が団結して声を上げていこう」と呼びかけていて、スタンディング膝パーカッションしました。「アーティストは音楽だけやってればいい」と叩かれても、発信を続ける姿勢を尊敬してます。

せや　素晴らしいですよね。ただ僕個人で言うと、男性である僕が性差別や性暴力について発信することに対して、マイノリティに寄り添って称賛を浴びるマジョリティみたいになることに「調子乗んなよ」と自分に釘を刺すところもあります。その1本の釘は持っといたほうがいいのかなと。

アル　「俺すげえだろ、ドヤ」みたいにならないことは大事ですよね。イキらないこと、ドヤらないこと。ただ私は正直、手のひら返しでもいいと思ってるんですよ。**今まで性差別や性暴力に興味がなかった男性にも、「性差別や性暴力をするな」と声を上げてほしい。**そういう人が増えていけば、オセロみたいに社会をひっくり返せると思うから。日本は同調圧力が強いぶん、「こっちのほうが優勢」となったらバタバタッと変わっていく気がします。

せや　たしかに。関ヶ原の戦いで「あれ徳川軍のほうが勝ってるぞ」となったら、バタバタッとそっちに行くみたいな。

アル　旗色をうかがって「西軍やーんぴ、東軍いこ」みたいな。そこで「おまえは裏切り者だ」とか言ってたらジェンダー平等が進まないので、関ヶ原でOKです。最近は特に、私は男性にも伝わるように発信することを心がけてます。男性が変わらないと社会は変わらないから。「女性たちはもう変わり始めている、次はあなたたちの番だよ」という気持ちですね。

せや　以前、沖縄のことを書かれてたじゃないですか。すごく嬉しかったんです。沖縄って日本全体で言うとマイノリティの立場で、基地を押し付けられている側で。この問題、県民が民意をどれだけ出しても進んで行かなくて、マジョリティ側の本土が、「いや、これおかしいんちゃう？」って言わないと変わらないんですよね。

ジェンダーの問題も一緒ですよね。マイノリティ／マジョリティの関係性による社会問題っていっぱいあるじゃないですか。だからフェミニズムを入り口に、世の中にある同じ構造の問題に気づける人が増えていく側面もあるのかなと。

アル　ありがとうございます。そうですよね。フェミニズムをきっかけに、他の社会問題にも興味を持ったり、誰しもマジョリティ性とマイノリティ性の両方を持っていると思うので、それを自覚するきっかけになったら、と思いますよね。

「男は大きくなれ、女は小さくなれ」

せや　アルさんは「子どもたちにジェンダーの呪いを引き継がないこと、それがすべ

アル　ての大人の責任だ」とよく書いてますよね。「男はガキだから」とか言って責任放棄するおじさんを見ると、怒髪天を衝くんですよ（笑）。モブおじさんとの対話でも書いたように、女の子は翼を折られて、男の子はケツを蹴られる。たとえばジェンダーの授業をした時、中学生の男の子が「男の子なんだからいっぱい食べて大きくならなきゃ、と言われるのがつらい」と話してくれて。その子は生まれつき少食らしいんですよ。

せや　ありそう、ありそう。

アル　逆に女の子は「痩せなきゃ」とプレッシャーをかけられる。私の母は拒食症で亡くなったけど、拒食症になるのは圧倒的に女性が多い。同世代の女友だちがYouTubeにダイエット広告が入るのがウザくて、性別欄を男性に変えたら、入れ歯安定剤の広告がじゃんじゃん入るようになったそうです。男性は入れ歯を安定させたいお年頃なのかと。

せや　ムダ毛だらけの男はキモい、みたいな広告が流れてきたりね。

アル　そう、それぞれ別のプレッシャーがあるんですよ。**男は大きくなれと言われ、女は小さくなれと言われる。**それはもちろん体型だけじゃなく、女は男より目立つな、偉くなるなと。逆に男は偉くなれ、出世しろと。そうやって呪いをかけて苦しめてくるのは誰かと考えたら、敵は本能寺にあるんですよ、ジェンダーの呪いなんです。

せや　僕も中学時代を振り返ったときに、ああ、これはほんとに俺も被害者やったな……と思うことがあって。僕はバスケ部だったんですけど、女子バスケ部の女の子とお付き合いをしたことがあったんですね。それは僕の初めての男女交際だったんですけども。

アル　アオハルですね。

せや　そうです。相手の女の子は身長178センチぐらいあって、僕は173センチぐらいで、僕のほうが小さかったんですよ。僕は気にしてなかったけど、彼女はちょっと気にしてたから、帰り道に僕が縁石の上に乗って歩いて「これで俺のほうが大きいやろ、ハハハ」みたいな。

アル　甘酸っぱいわ〜〜。

せや　それで二人で笑って楽しかったんですよ。でも周りからメチャクチャいじられて「おまえより彼女のほうがデカい、どっちが彼氏かわからへん」とか言われて、なんか急に恥ずかしなって……。それでだんだんギクシャクするようになって、自然消滅しちゃったことがあるんですね。

アル　おおう……甘酸っぱい味から、苦くなりましたね。

せや　男のほうが身長高くて当然、女のほうが大きいのは恥ずかしい、そんな偏見がなければ二人で楽しくいられたのに。こういうケースはきっといっぱいあるはずで。

「せやろがい母はフェミニスト」

アル　年収や学歴も「男が上であるべき」と言う人がいまだにいますよね。安土桃山生まれですか？　っていう。フェミニズムはそういう偏見をなくそう、という思想なんですよ。みんな違って当たり前、が当たり前の世界にしようと。

せや　ですよね。だからフェミニズムを嫌悪している人たちだって、フェミニズムに救われることはあるはずなんです。それをどう伝えて理解してもらったらいいのかなと。

アル　そんなふうに思えるのは、せやろがいさんにちゃんと素地があるからだと思いますよ。以前、対談した時に「フェミニズムやジェンダーについて、僕自身がまだまだ無知なので、教えてってお願いしたら教えてくれる方がたくさんいるんです」「男性優位の日本社会で暮らす僕は特権を享受している、無意識のうちに女性を抑圧していることもあるという事実、これに気づかないまま過ごしていたらと思うと、今でもゾッとします」といったことを仰っていました。フェミニズムやジェンダーについて「わからないから教えて」と女性に聞ける男性は、希少種なんですよ。「女の話なんか聞く価値がない」と無意識にミソジニーが染みついた男性は女の話を聞かないし、マンスプやマウントをしてきますから。

せや　人それぞれ知ってること知らへんことがあるわけで、自分が知らへんことを教えてもらうのに、上下関係なんかないと思うんですけどね。

アル　「知識がある方、教える方が上」みたいな上下関係や勝ち負けから解放されると、男性はもっと楽になるでしょうね。
私はせやろがいさんがオカンと話す動画が好きなんです。「オカン今日何してたん？」「今日は『ロボコップ』観てた」みたいな会話をしてますよね（笑）。

せや　この令和にロボコップ観る人がおるんやなって。あとオカンは野菜を作ってますよね。自分が育てたヘチマをバズーカのようにかまえて登場したりとか。

アル　野菜出オチという、人類初のジャンルに挑戦している熟女なんです。

せや　熟女は野菜をバズーカのようにかまえて「『ターミネーター』のサラ・コナーズに憧れてる」と言ってましたね。

アル　複数形になっちゃってる、虫コナーズみたいになってる。

せや　「せやろがい母はフェミニスト」という回があるじゃないですか。お母さんは40代から男女共同参画のお仕事をしていて、上野千鶴子さんから「あなたせやろがいさんのオカンだったの？」とメールが来たっていう。

アル　そうそう、なんかそんなことがあったみたいですね。

せや　お母さんがフェミニストだったことが、ご自身に影響を与えていると思いますか？

アル　うーん、自分としてはわからないんですけど……僕はほんとゴリゴリの悪しき体育会系の中にどっぷりいた人間で、高校はスポーツ科に進学したんですね。

そこはこの世のホモソを煮詰めて凝縮したような、濃縮還元ホモソだったんですよ、マジで。

アル　ホモソの肥溜めみたいな。

せや　そうです。たとえば甲子園に出た野球部のやつが「他校の女の子から何通ファンレター来たぜ」とカードゲームのように競い合っていて。その手紙にはプリクラとメアドが貼られてるんですよ。

アル　平成の青春。

せや　そうそう。そのプリクラを見比べて「この子かわいいな」「おまえにも紹介したろけ」みたいなのをやってるわけですよ。そんなザ・ホモソーシャルな空間にいて、とくに疑問もなく僕もホモソに染まっていたので、ちょっと母ちゃんに申し訳ないというか。母ちゃんがフェミニストだったというのは、なんなら最近になって意識するようになったぐらいで……影響あったんかな。

アル　なるほど。私が泣いてしまった動画があるんですけど、オカンが子育てでもっとも心がけたこととして「**イヤなことはイヤと言えるように**」「**自分の気持ちを言葉で表せるように**」この二つを挙げていたんですね。私は毒親育ちなので、

せや　親から「イヤって言うなんてわがままだ、我慢が足りない、文句を言うな」とずっと言われて育ったんですよ。

アル　なるほど、そうかそうか。

せや　「男だったら耐えろ」「弱音を吐くな」と育てられて、自分の感情がわからなくなったり、感情を言葉にできなくなる男性は多いですよね。そういう男らしさの呪いをかけられず、むしろ真逆に育てられたことは、影響があるかもしれませんね。

アル　たしかになあ！　自分では意識してなかったけど、「男はこうあるべき」みたいな呪いを強くかけられて、「おまえは男らしくない」「おまえはダメだ」という烙印を押し続けられたら、ジェンダーの呪いをガチガチに刷り込まれて、人を見る時もその呪いがかかった状態でしか見られなかったと思います。

せや　もし「男のくせにメソメソするな」みたいなスパルタオカンだったら、ホモソの肥溜めにスケキヨのように沈んでしまって、脱出できなかったかもしれませんね。

アル　ホモソの肥溜めにどっぷり浸かっていたけど、口だけは出ていて呼吸はできていたのかもしれません。

アル　フキのような空洞のある野菜で、水遁の術みたいに息はできていたのかも。

せや　オカンが実家の畑でフキを育てて、僕に与えてくれていたかもしれないです。

アル　『男子という闇』という本によると、性暴力や性差別的な言動にノーと言える男性の共通点は、家族や身近な大人にジェンダーの話ができる人がいたことらしいです。子どもは周りの大人をお手本にして育つので、まずは大人がジェンダーを学ぶことが大事ですよね。

せや　僕から母にジェンダーの話をしたことはなかったですけど、きっと話しても聞いてくれたやろなと思うので、ありがたい家庭環境だったのかもしれないですね。

アル　動画にオババもたまに出てくるじゃないですか。「おばあちゃんもふんどししよかな」とか言ってて最高ですよね。

せや　オババ最高なんです。あんな可愛い生物いないですよ。

アル　オカンもオババもすばらしくて、ほんと羨ましくて涙が出ますよ……。

ジェンダーの話になるとバグる男たち

アル　ところで、パートナーとのジェンダー意識のギャップに悩む女性はすごく多いです。妻が性差別や性暴力について真剣に話しているのに、夫は面倒くさそうにしたり、「そんな目くじら立てなくても」「最近怒りっぽくなったよね」と返したり。ジェンダー意識のギャップが原因で別れたという話もよく聞くので、男性はもっと危機感を持った方がいいと思うんですけど……どうすれば男女はわかりあえると思いますか？

せや　うーん……たぶんジェンダーの話を聞いてくれへんパートナーって、そもそもあんまり話を聞いてくれへん人ちゃうかなと思うんですよ。妻の話なんかまともに聞くかという人だと、対等に対話できる関係も作られへんし、卵が先かニワトリが先かみたいな話なんですけど。

アル　それはありますね。ただ普段は対等に対話できる関係だけど、ジェンダーの話になるとケンカになるとか。普段は優しくていい人なのに、ジェンダーの話になるとバグる男性は多いです。

せや　なるほど。

アル　女性側がいちいち説明することに疲弊してしまって、その話題を避けるようになったりとか。自分で説明するのってすごくしんどいんですよ。「いやでもさ」と遮られてクソリプされると、こっちもバズーカが火を噴いてケンカになるし。妻から責められてるように勝手に感じて、不機嫌になる男性も多いです。なので私は「よかったら私の記事をLINEとかでシェアしてくださいね」と言ってます。それでちゃんと読むパートナーだったら、まあ聞く耳を持つ人だろうし、歩み寄れる可能性はあるかなと。そこで「めんどくさい」とか言うやつだったら、別れた方がいいと思うんですけど。「アルさんのコラムを読むうちに夫のジェンダー意識がアップしました」みたいな報告もよくいただくので、便利に使ってほしいなと思います。

せや　それ超いいっすね。自分で話そうと思っても、脳内リハーサルの時はメッチャ上手に説明できたのに、いざ話してみたら「あれっなんか大事なフリ1個抜けてた気がする」とか、予想外のところで「いやでもさ」が入ってきてうまいこといけへんとか、そういうことは絶対あるし。アルさんの記事もそうですけど、今はジェンダー的に優れた作品がいっぱいありますもんね。たとえば動画配信サービスで一緒にそういう作品を観て感想を語り合うとか、本当にいい手かもしれないですね。目から鱗……目から鯖1匹ぐらい出ましたね、今。

アル　おお〜鯖が！　ありがとうございます。鯖！

日傘、ヨガ、ネイル、脱毛
男性もどんどんやればいい

アル　せやろがいさんがインタビューでホットヨガの話をされていて、すごくいいなと思いました。男性の先輩からホットヨガをやってると聞いて、その時は「べつにモデルでもあるまいし」とちょっと半笑いだったと。でもそこで「いや、自分の中にバイアスがあるんじゃないか」と気づいて、試しにヨガをやったらハマったっていう。

せや　今朝も行ってきましたよ。ホットヨガという、あんな素晴らしいもの、あんな気持ちいいものを「おじさんがやるものじゃない」と遠ざけていたら、もったいないっすよね。

アル　日傘もどんどんさせばいいですよね。

せや　させばいい！　日傘さしてるの女みたいで恥ずかしいとか思わずに、さそ！

アル　自縄自縛になっている男性は損ですよ。男らしさの呪いから自由になることで、男性も自由に楽しく生きられるのに。男性もセルフケアしよう、という話が最近よく出てますよね。20代の女友だちの夫は髭や体毛が濃いことがコンプレックスだったそうで、妻に「だったら脱毛サロンに行ったら？」と勧められて脱毛したら、鏡を見るのがイヤじゃなくなって、そこから眉毛サロンにも通い始めてスキンケアもするようになって、そしたらちょっとおしゃれな服も着よかしらと。そしたら今まで行けなかったおしゃれなカフェにも入れるようになって、幸福度が上がったそうです。逆に彼女のほうは生やしっぱなしでＶＩＯの処理も全然してないらしくて、なんで？　と聞いたら「貫禄があるから」と(笑)。まさにジェンダーフリー夫婦ですよね。

せや　そういや、僕が出演している夕方の番組にレポーターの仲本くんという芸人がいるんですけど、彼はネイルを楽しんでるんですよ。僕は何年か前にネイルをしている男性に「どこ目指してんねん」みたいなツッコミを入れたことがあるんですけど。

アル　あら、それはちょっと寒いツッコミですね。

せや　目指すもクソもなくて、自分がやりたいからやってるわけで。今は僕も「いいな」と素直に思いますし、番組の出演者やスタッフも彼の爪をイジったりしなくて「いいよね、可愛いよね」と肯定的なんです。そういうのを見ると、俺がやりたいファッションをしても誰にも何も言われへんやろなっていう、安心感がありますよね。それってイコール、生きやすさじゃないですか。かつては僕も「どこ目指してんねん」とツッコミを入れたけど、それってそのツッコミが自分にも飛んでくる世界なわけで、それって生きづらいですもんね。

アル　女友だちも筋トレをして鍛えていたら、職場の男性に「どこ目指してんねん」と言われたそうです。

せや　「どこ目指してんねん」の裏には、社会的に一般化された価値観に合わせなければならないという同調圧力があると思うんですよ。女性はネイルをして美しくするのがいい、男性は体を鍛えてムキムキになるのがいいっていう。僕もじつは今回のツアー、全身除毛して行ったんですよ。

アル　VIO脱毛もしたいって動画で言ってましたね。

せや　VIOはちょっと痛すぎて……。

アル　わかります。私も股間をバチバチされながら「小陰唇、燃えてませんか?」と聞いたんですけど、燃えてるなって思いますよね、何かが。会陰地方が火事かなっていう。

せや　僕もVIOは挫折しましたけど、除毛クリームを使ってツルツルの自分を見ていいじゃんと思って、機嫌よくツアーを回ってました。

「男らしさの呪い」とセルフケア

アル　セルフケアをして自分で自分を機嫌よくすることで、男性自身も幸せになれるし、女性もケア役割から解放されますよね。うちの夫は私にケア役割や女らしさを一切押しつけないので、一緒にいて楽ちんな気の合う相棒なんですけど。

そんな彼も男らしさの呪いにかかっているな、と思うことがあります。たとえば、うちの弟が家に泊まりに来た時にスキンケアセットを持参してきたら、「弟くんはアムウェイか？」と聞いてきて。男は肌の手入れなんてしない、と思っているからそういう発想になる。夫は肌の手入れどころか、生まれてから一度も顔を洗ったことがないそうです。

せや　いやでも男性がスキンケアする文化がなかったっすもんね。今は男性用の化粧品もいろいろありますけど……実はね、僕ちょっとええのを使うてるんですよ。

アル　ＳＫ－Ⅱ？

せや　ＳＫ－Ⅱやなくて、バルクオムっていう男性化粧品を使っていて。これ僕の中で初めての快感だったんですけど、自分のお肌のためにお金使うっていう消費行動がフレッシュだったんですね。そんなこと今までなかったから。適当に家にある洗顔クリームを使うとか、適当にコンビニで買うぐらいの感じだったんで、ええもん買って使うときのなんかこう……**自分のことを大事にしてくれる人がいたら嬉しいじゃないですか。それがべつに自分だったとしても、自分のことを大事にしてる人が存在するから嬉しいみたいな。**

アル　そう、それ！　まずは自分が自分を大切にすること、自分を大切にしないと他人も大切にできないから。桶ダンスのコラム（158ページ）にも書いたけど、男性の身体は雑に扱われがちじゃないですか。そのせいで他人の身体も大切にできないことが、暴力や性暴力にもつながると思うんですよ。それに、セルフケアできないと早死にするじゃないですか。夫と付き合った当初、ハクションってくしゃみをしたら、10センチぐらいの鼻毛が飛び出してきて。

せや　それギネスですよ。

アル　鼻毛は男女ともに伸びるけど、鼻毛が出ているのは圧倒的に男性が多いですよね。夫は鼻毛を処理する習慣がなかったんです。あと結婚した当初、夫の歯ブラシがヤマアラシだったんですよ。毛がバッサバサの状態で「何磨くねん、これで」みたいな。夫は結婚するまで母親と同居していたから、お母さんが勝手に歯ブラシを替えてたんです。だから「歯ブラシは1カ月に1回替えるんやぞ」とか、なんでこんなことから教えなあかんのかと呆れましたし、腹が立ちました。

義母はぶどうの皮まで剝くんですよ。だから「二度とぶどう買ってこないでください」とぶどう禁止令を出しました。戦中生まれの義母を責めるのは酷ですけど、三歩下がってかいがいしく家族のお世話をする女が、セルフケアできない男を育ててしまったわけです。

せや　パートナーさんは今はどうなんですか？

アル　今は果物の皮も剝くし、鼻毛も処理するし、歯ブラシも替えて最近はフロスまでするようになりました。私と結婚してなかったら、今ごろ歯1本もないんとちゃうかな。

せや　僕、電動歯ブラシもドルツというちょっとええのを使うてるんですよ。それについて「おまえドルツなんか使ってどこ目指してんねん」「男は歯石とか小さいこと気にすんな」と言われたらイヤですね。

アル　人生で歯石をとる以上に大事なことありますか？　将来何本の歯が残るかはメッチャ大事ですよ。勝ち負けを競うんだったら、歯の本数を競えやと思う。

せや　おまえは歯がないことを男らしさと感じている、だったら勝手にフガフガしてればいいけど、俺は歯抜けたくないから、その「男らしさ」という謎の価値観で人の生き方にケチつけるなよと。最近になって僕は自分のことをメンテナンスするのに心地よさを感じてますけど、今の若い男の子は美容やお肌に対する意識が高くて、50歳ぐらいになっても若々しいんちゃうかなと思うと、羨ましいっすけどね。

アル　せやろがいさん、炎天下に海に飛び込んだり、肌にダメージを受けやすいお仕事ですもんね。**男性がセルフケアをしたり、男性同士でケアし合ったり、その方が絶対幸せになれますよ。女性にケア役割を求めて「女をあてがえ」とか、おかしな発想にならずにすみますし。**

せや　そうですよね。僕マジで自堕落に欲望のままに生きてた時期があって、大学卒業してから25歳ぐらいまでは毎晩ビール飲んでスーパーで半額になった揚げ物食って体重も95キロぐらいあって、その時に痛風になって体がぐちゃぐちゃになってたんですけど。今は週2、3回ぐらいバスケットやって、筋トレもヨガもやってという生活です。

アル　「人生が180度変わる」の例文みたいですね。自堕落に生きていると気持ちも荒《すさ》みますよね。

せや　そうなんですよ。欲望のままに生きていたけど、そっちのほうが結局つらいし満たされなくて「もうどうでもええわ」と自暴自棄になってました。自分の体や生活をメンテナンスするようになってからのほうが心地いいし、楽しい時間を過ごせてますね。

アル　男性こそ〝ていねいな暮らし〟によって幸福度が上がるんじゃないでしょうか。スキンケアや家事をするのはおすすめだし、特に掃除や断捨離は良いですね。部屋が汚れていると本当に投げやりになるので。

せや　わかります。散らかった部屋を一気に片付けると、精神的にもスッキリしますよね。

アル　私はジェンダーの呪いによって滅びた一族の末裔だと思っていて。母の遺体が発見された部屋は壁一面に20代のギャルが着るような服がかかっていて、「女は若く美しくなければ」という呪いにかかったまま死んでしまったんだなと。一方の父親は「稼げないなんて男失格」と絶望して「男は弱音を吐くな」と誰にも助けを求められず自殺したんだと思います。父の遺書が発見された部屋はぐちゃぐちゃのゴミ屋敷状態だったんですよ。

配偶者のいない男性、つまりお世話係の女性がいない男性は健康を害して早死にするというデータがありますが、自分で自分のケアができればそうならずにすむし、自分の身体や生活を大切にして機嫌よく暮らしていれば、店員さんに怒鳴りまくるジジイやベビーカーを蹴るジジイにもならずにすむ。**機嫌のいい男性が増えることが世界平和につながると思います。**男性が幸せになれば「女はイージーモードでずるい」「幸せそうな女を殺したかった」みたいな歪んだ発想にもならないし。

今は「子どもにジェンダーの呪いをかけないように」と子育てしている親が多くて、希望を感じますね。その子どもたちが大人になった未来が見てみたい。だから私もしっかり歯石を取って長生きしたいです。とりあえず、そのちょっといい電動歯ブラシを買おうかな（笑）。

本書は文庫オリジナルです。
JASRAC 出 2208340-201

幻冬舎文庫

●好評既刊
オクテ女子のための恋愛基礎講座
アルテイシア

彼氏が欲しいし結婚もしたいけど、自分から動けない……。そんなオクテ女子に朗報！「モテないと言わない」「エロい妄想をする」「スピリチュアルに頼らない」など、超実践的な恋愛指南本。

●好評既刊
アルテイシアの夜の女子会
アルテイシア

「愛液が出なければローションを使えばいいのに」とヤリたい放題だった20代から、子宮全摘をしてセックスは変わるのか克明にレポートした40代まで。10年間のエロ遍歴を綴った爆笑コラム集。

●好評既刊
40歳を過ぎたら生きるのがラクになった
アルテイシアの熟女入門
アルテイシア

若さを失うのは確かに寂しい。でもそれ以上に生きやすくなるのがJJ（＝熟女）というお年頃。WEB連載時から話題騒然！ゆるくて楽しいJJライフを綴った爆笑エンパワメントエッセイ集。

●好評既刊
離婚しそうな私が結婚を続けている29の理由
アルテイシア

やっと結婚できたと思いきや、母の変死、父の自殺、弟の失踪、借金騒動、子宮摘出と波乱だらけ。でもオタク格闘家夫との毎日で「生きてててよかった」の境地に。大爆笑の人生賛歌エッセイ。

●好評既刊
フェミニズムに出会って長生きしたくなった。
アルテイシア

男尊女卑がはびこる日本では、女はとにかく生きづらい。でも一人一人が声を上げたら、少しずつ社会が変わってきた。「フェミニズムに出会って自分を解放できた」著者の爆笑フェミエッセイ。

幻冬舎文庫

●最新刊
昨日のパスタ
小川 糸

ベルリンのアパートを引き払い、日本で暮らした一年は料理三昧の日々でした。味噌や梅干しなどの保存食を作ったり、お鍋を愛でたり。小さな暮らしの中に流れる優しい時間を綴った人気エッセイ。

●最新刊
帆立の詫び状
てんやわんや編
新川帆立

デビュー作『元彼の遺言状』が大ヒットし、依頼が殺到した新人作家はアメリカに逃亡。ディズニーワールドで歓声をあげ、シュラスコに舌鼓を打ち、ナイアガラの滝で日本のマスカラの強度を再確認。

●最新刊
猫だましい
ハルノ宵子

乳がん、大腿骨骨折による人工股関節、ステージⅣの大腸がん……自身の一筋縄ではいかない闘病と、両親の介護と看取り、数多の猫との出会いと別れ――。いのちについて透徹に綴る名エッセイ。

●最新刊
オタク女子が、4人で暮らしてみたら。
藤谷千明

気の合う仲間と一軒家暮らし。この生活に、沼落ちしました！ お金がない、物が増えていく、将来が不安……そんな思いで始めたアラフォーオタクのルームシェア。ゆるくてリアルな日常エッセイ！

●最新刊
さよならの良さ
どくだみちゃんとふしばな8
吉本ばなな

「昼休みに、スイカバーを食べたい」「お風呂に入って、汗をかくまで湯船につかろう」思い付きを早く小さく頻繁に叶えると、体や脳が安心する。上機嫌で快適に暮らすコツを惜しみなく紹介。

ヘルジャパンを女《おんな》が自由《じゆう》に楽《たの》しく生《い》き延《の》びる方法《ほうほう》

アルテイシア

令和5年2月10日　初版発行

発行人——石原正康
編集人——高部真人
発行所——株式会社幻冬舎
〒151-0051東京都渋谷区千駄ヶ谷4-9-7
電話　03(5411)6222(営業)
　　　03(5411)6211(編集)
公式HP　https://www.gentosha.co.jp/
印刷・製本—中央精版印刷株式会社
装丁者——高橋雅之

検印廃止
万一、落丁乱丁のある場合は送料小社負担でお取替致します。小社宛にお送り下さい。

本書の一部あるいは全部を無断で複写複製することは、法律で認められた場合を除き、著作権の侵害となります。

定価はカバーに表示してあります。

Printed in Japan © Artesia 2023

幻冬舎文庫

ISBN978-4-344-43267-3　C0195　あ-57-6

この本に関するご意見・ご感想は、下記アンケートフォームからお寄せください。
https://www.gentosha.co.jp/e/